독고진 장편 소설

FUSION FANTASTIC STORY

100마일
100MILE

100마일 3

독고진 장편 소설

초판 1쇄 찍은 날 § 2015년 4월 1일
초판 1쇄 펴낸 날 § 2015년 4월 8일

지은이 § 독고진
펴낸이 § 서경석

편집부장 § 권태완
편집책임 § 한준만

펴낸곳 § 도서출판 청어람
등록번호 § 제387-1999-000006호
등록일자 § 1999. 5. 31
어람번호 § 제1-2089호

주소 § 경기도 부천시 원미구 부일로 483번길 40 서경B/D 3F (우) 420-822
전화 § 032-656-4452 팩스 § 032-656-4453
http://www.chungeoram.com
E-mail § chungeorambook@daum.net

ISBN 979-11-04-90179-9 04810
ISBN 979-11-04-90145-4 (세트)

독고진 장편 소설

FUSION FANTASTIC STORY

100마일
100MILE

3

100마일
100MILE

CONTENTS

Chapter 1	7
Chapter 2	41
Chapter 3	81
Chapter 4	121
Chapter 5	151
Chapter 6	193
Chapter 7	225
Chapter 8	269

Chapter 1

　1만 5천(2020년 증축) 명의 관중이 꽉 들어찬 대전 한밭
야구장의 열기는 뜨거웠다.

　2026년 프로 야구 개막식이기도 했지만, 모든 언론과 야
구 관계자들의 시선을 집중 받고 있는 경기이기 때문이다.
그래서 기자와 야구 관계자들이 그 어떤 구장보다도 많이
관람을 신청한 상태였다.

　작년 2025년 시즌 9위의 대전 호크스와 2위의 대구 블루
윙즈의 대결은 어찌 보면 뻔한 결과였다.

　딱히 관심을 가질 만한 경기는 아니었다. 그나마 대구 블

루윙즈가 9년째 개막식 패배가 없다는 것이 일부 기자들과 사람들의 관심을 끌 만했다.

올해 개막식에서 승리하면 10년 연속 개막식 승리 팀에 이름을 올리게 된다.

그런데 엉뚱한 이유로 모든 이들의 관심이 집중되고 있었다.

"대구 블루윙즈 박 감독이 완전 작정을 하고 나왔네. 라인업이… 작년 한국 시리즈 베스트 맴버다."

6번 타자로 선발 출전하는 김추곤 선배가 고개를 절레절레 저었다.

"지혁아, 긴장할 것 없어. 그냥 박살을 내버려. 우리 팀에는 데뷔전 완봉승을 기록한 송진욱 코치님이 계시잖아? 너도 계보를 이어가야지."

황대훈 선배의 말에 곁에서 글러브를 주무르고 있던 정현우 선배가 한마디를 더했다.

"이왕이면 혁선 선배의 신인 데뷔전 최다 탈삼진 기록까지 같이 노려라."

"혁선 선배가 10개였죠?"

"그래, 그러니까 딱 1개만 더 보태서 11개로 기록 싹 갈아치워라!"

"진짜 이러다가 오늘 역사적인 날 되는 거 아닌지 몰라."

"오늘 관중도 꽉꽉 찼으니까 제대로 역사 한 번 기록해 줘야지!"

"마운드는 지혁이가 지킬 테니까, 우리는 오늘 지원 점수나 꽉꽉 내주자!"

"오케이!"

"당연합니다! 오늘은 우리 대전 호크스와 차지혁의 날입니다!"

떠들썩한 더그아웃 분위기에 감독과 코치들 모두 밝은 표정을 감추지 않았다.

주변에서는 신인 투수가 개막전에 선발 등판한다고 우려와 걱정의 시선으로 바라보고 있었지만, 팀 분위기는 전혀 달랐다.

믿음.

신인이라 하더라도 충분히 해낼 수 있을 거란 굳건한 믿음이 있었다.

친선 경기에서 보여줬던 압도적인 투구 내용과 시범 경기 내내 흔들리지 않았던 컨디션까지 팀 선수들 가운데 내가 마운드에서 무너져 내릴 것이라고 예상하는 사람은 단한 명도 없었다.

고졸 신인 선수에게 보여주는 믿음 치고는 너무 과분했지만, 내 뒤를 든든하게 받쳐 줄 야수들이 저토록 밝으니

나 역시 절로 힘이 샘솟았다.

역사에 남을 충격적인 데뷔전을 만들겠다는 의지는 없다.

하지만 모든 사람들의 불신을 오늘 단 한 경기로 종식시켜 버리고 싶다는 욕심은 있었다.

데뷔전 완봉승, 최다 탈삼진 기록 따윈 아무래도 좋다.

중요한 건 안정적인 투구로 마운드를 확실하게 지켰으며, 게임 전체를 지배했다는 평가만 받으면 그걸로 만족했다.

유명 여자 배우의 시구가 끝나자 경기가 시작되었다.

"박살 내러 가자!"

정현우 선배의 과격한 파이팅에 선수들 모두 힘껏 기합을 내지르며 그라운드로 뛰어나갔다.

―와아아아아아!

마운드를 향해 걸어가는 나를 향해 야구장을 찾아온 관중들이 커다랗게 함성을 내질렀다.

중간중간에 야유도 섞여 있었지만, 전체적으로 응원하는 목소리가 훨씬 더 컸기에 천천히 호흡을 가다듬으며 마운드에 올라섰다.

그 여느 때보다도 마운드가 높았다.

그라운드 위에 우뚝 솟은 탑처럼 느껴졌다.

시야가 탁 트였다.

포수와의 거리가 무척이나 짧게 느껴졌고, 온몸에 힘이 넘쳐흘렀다.

이런 느낌을 받을 수 있다는 게 무척이나 즐거웠다.

손에 쥔 야구공이 내 몸의 일부처럼 여겨졌다.

자신감이 팽배한 상태에서 첫 번째 연습 투구를 했다.

쇄애애애액!

퍼—엉!

관중들의 함성 소리를 관통하는 미트 파열음이 온몸의 세포 하나하나를 일깨우는 것 같았다.

'오늘… 난 무엇이든 할 수 있다!'

왼손을 불끈 쥐며 온몸으로 전해지는 무한한 자신감과 흥분감을 천천히 달랬다.

"플레이볼!"

주심의 외침에 포수인 황대훈 선배가 미트를 안쪽을 팡팡 치고는 곧바로 사인을 보냈다.

한가운데 포심 패스트볼.

미리 약속한 개막전 초구였다.

'지혁아, 개막전 초구로 네가 어떤 투수인지를 모두에게 강렬하게 알려줘!'

황대훈 선배는 경기 전 어깨를 푸는 과정에서 내게 그렇게 말했다.

고졸 신인 투수가 어째서 개막전 선발로 선정되었는지 확실하게 알리라는 뜻이었다.

유독 가깝게 느껴지는 포수 미트는 손을 뻗으면 닿을 것 같았다.

타석에 서 있는 대구 블루윙즈의 1번 타자 최태수의 통산 타율과 출루율은 더 이상 머릿속에 들어 있지 않았다.

바깥쪽 볼에 약하고 몸 쪽 볼에 강하다는 데이터도 무시했다.

한가운데다.

오늘 첫 번째 공을 가장 빠른 포심 패스트볼로 장식한다라는 생각만을 머리에 담았다.

시야가 점점 좁아졌다.

주위 사물이 하나둘 지워지며 마지막에 남은 건 커다란 입을 벌리고 있는 포수 미트뿐이다.

넣는다.

하늘에서 벼락을 쥐고 내던지는 그리스신화에 등장하는 신처럼 왼손에 쥔 새하얀 야구공을 포수 미트에 꽂아 넣는다.

"후우우우우."

와인드업과 동시에 호흡을 천천히 들이켰다.

어느 순간 호흡을 멈추고는 전장을 향해 내달리는 전투마처럼 발을 차올리고는 힘껏 뻗었다.

릴리스하는 순간 몸의 회전축을 좌에서 우로, 위에서 아래로 교차하며 온몸에 모은 힘을 왼손에 집중해서 발산시켰다.

평소보다 릴리스 포인트가 뒤에서 형성되었지만, 온몸의 힘이 하나로 뭉쳐졌다는 것에 만족했다.

쇄애애애애애ㅡ!

귓가에 스쳐 지나가는 바람 소리가 그 여느 때보다 가열찼다.

공간을 찢으며 나아가는 기분이 들었다.

퍼ㅡ 어엉!

제구가 제대로 이뤄지지 않았기에 공은 포수 미트가 놓여 있던 자리에서 공 한 개 정도 위로 올라갔다.

"스, 스트라이크!"

주심의 콜이 들렸고, 고막을 뒤흔드는 열광적인 함성이 터져 나왔다.

타석에 서 있는 최태수는 살짝 벌어진 입으로 얼음처럼 굳어 있었고, 황대훈 선배는 포수 미트에서 공을 꺼내지 못하고 넋 놓고 전광판을 바라보고 있었다.

고개를 돌려 전광판을 바라봤다.

"아……."

162㎞.

전광판에 찍혀 있는 구속은 나조차도 놀라게 만들었다.

지금까지 내가 던진 최고 구속이었다.

오키나와 전지훈련에서 주니치 드래건즈와의 친선 경기에서 던졌던 161㎞를 깨버렸다.

ㅡ차지혁! 차지혁! 차지혁! 차지혁! 차지혁!

열광적인 홈 팬들의 목소리가 들려왔다.

이젠 공식 기록이다.

국내 토종 투수가 국내 프로 리그 경기에서 162㎞의 강속구를 던졌다.

이건 기록으로 남는다.

지금까지 국내 토종 투수가 기록한 공식 기록은 159㎞였다.

여기서 2㎞를 더했다.

더욱이 160㎞라는 상징적인 숫자를 뛰어넘었으니 관중석에서는 난리가 날 만했다.

다시 던지라면 못 던질 것도 없다.

하지만 제구가 잡히질 않는 공을 무턱대고 또 던질 순 없다.

이번 1구로 마지막이다.

더 이상 160㎞에 이르는 공을 던지진 않을 생각이다.

더욱이 지금은 4월 11일.

아직까지 한국 날씨는 투수들에게 협조적이지 못했다.

5월 중후반에서 6월 초반은 되어야 정상적인 구속이 나온다.

그 말은 방금 1구는 상당히 무리를 했다는 뜻이다.

오키나와처럼 따뜻한 날씨가 아니라 이런 식으로 공을 몇 번만 더 던져도 단번에 몸에 무리가 온다.

고작 한 경기를 위해 몸을 망칠 정도로 어리석지 않다.

이건 일종의 시위다.

개막전 선발에 고졸 신인을 내세웠다고 비난과 비판을 하는 사람들에 대한 무력시위.

더불어 내가 어떤 투수인지, 백유홍 감독이 어째서 날 선택했는지를 똑똑히 알려주고자 하는 선전이다.

결과는?

대만족이다.

야구장이 들썩거릴 정도로 내 이름을 연호하는 홈구장 팬들에 대한 팬 서비스로도 확실했다.

타석에 서 있는 최태수가 사냥꾼 앞에 선 연약한 사슴처럼 바들바들 떨고 있는 것처럼 보였다.

기세에서 완전히 짓눌려 버렸다.

수년 동안 축척되어 있던 상위팀의 선두 타자로서의 자부심 따윈 씻은 듯 사라져 버렸다.

극단적일 정도로 배트를 짧게 쥐고 서 있는 모습이 애처롭게 보이기까지 했다.

ㅡ100마일! 100마일! 100마일! 100마일!

관중들이 하나 같이 '100마일'이라고 외치고 있었다.

온몸에 소름이 돋을 정도의 빠른 강속구를 보고 싶은 거다.

시원스럽게 포수 미트에 박혀 들어가는 야구공을 다시 한 번 두 눈으로 똑똑히 지켜보고 싶은 거다.

관중들의 응원 목소리는 나를 더욱더 거대하게 만들었고, 반대로 타석에 선 최태수를 왜소하게 만들었다.

두 번째 공을 던졌다.

이번에는 스트라이크 존을 살짝 벗어나는 높은 볼이었지만, 이미 심리적인 압박감에 짓눌려 버린 최태수는 빠른 포심 패스트볼이 눈에 확 들어오자 본능적으로 배트를 휘둘렀다.

부웅!

극단적으로 짧게 잡은 배트가 공보다 살짝 빠르게 돌았다.

작정하고 배트를 반 박자 빠르게 돌렸지만, 구속과 코스 모든 것이 어긋나 있었기에 허무하게 헛스윙을 하고 말았다.

이번에는 확실하게 제구가 된 포심 패스트볼로 굳이 전광판을 확인하지 않아도 구속을 알 수 있었다.

대략 150㎞ 초반 정도일 거다.

지금 내가 던질 수 있는 가장 정상적인 구속이다.

몸에 무리를 주지 않으면서 쉽게, 쉽게 던질 수 있는 구속인 거다.

아니나 다를까, 전광판을 확인하니 152㎞가 찍혀 있었다.

관중들 사이에 약간이 웅성거림이 들렸지만, 개의치 않고 세 번째 공을 던졌다.

"아웃!"

스트라이크 존 아래를 가까스로 걸치고 지나가는 파워 커브에 최태수가 주심을 돌아보며 항의를 했다.

이거 어떻게 스트라이크냐, 낮았다, 판정이 잘못됐다는 소리가 언뜻 들렸다.

주심의 표정이 싸늘하게 굳어버리자 최태수도 눈치껏 항

의를 멈추고 입을 다물었다.

스트라이크 판정은 전적으로 주심의 몫이고 그의 결정권이다.

선수가 항의해 봐야 달라지는 건 없다.

오히려 찍혀서 불리한 판정을 받기도 한다.

그래선 안 되는 일이지만 주심도 사람이니 어쩔 수 없는 일이다.

보란 듯이 불만스럽게 더그아웃으로 걸어가는 최태수에게 2번 타자 원성훈이 어깨를 다독였다.

둘 사이에 몇 마디의 말이 오가고 원성훈이 타석에 들어섰다.

원성훈 역시 배트를 짧게 잡고 있었다.

초구에 162㎞의 말도 안 되는 강속구를 던졌으니 자연스러운 반응이다.

3구만으로 1번 타자를 잡았기에 많은 공을 보지 못한 2번 타자로서는 신중한 자세로 타격에 임할 수밖에 없다.

자료나 데이터가 없는 상황에서 투수와 타자가 맞붙으면 누가 유리할까?

간단하다. 투수다.

무조건 투수가 유리하다.

투수는 타자의 타격 자세만 보고도 어느 정도 장단점을

파악할 수 있다.

반대로 타자는 마운드에 서 있는 투수의 모습으로 파악할 수 있는 정보가 하나도 없다.

이미 나에 대한 기본적인 데이터가 각 구단별로 마련되어 있겠지만, 이제 첫 번째 공식 경기를 치르는 투수인 만큼 절대적으로 데이터가 부족하다.

구종, 구속, 코스, 패턴 등 모든 것이 생소하고 데이터의 양이 적다.

당장 오늘만 하더라도 162㎞의 강속구를 던졌다.

데이터가 분쇄기로 직행해도 할 말이 없다.

이런 상황에서 타자는 오로지 개인적인 훈련으로 완성한 타격 폼만으로 타격을 해야 한다.

쉽게 말해 감각적으로, 센스를 발휘해서 순수하게 타격 재능과 실력만으로 날아오는 공의 구질을 파악하고 배트를 휘둘러야 한다.

절대 쉽지 않은 일이다.

1번 타자가 3구만에 삼진을 당했으니, 2번 타자에게 요구할 벤치의 작전은?

역시 간단하다.

최대한 많은 공을 봐라.

개인의 자존심이나 성적보다는 팀을 위한 행동이다.

야구는 9회까지 공격과 수비를 주고받는 스포츠다.

1회 초, 2번 타자에게 초구는 그냥 지켜보라는 작전이 나올 확률이 100퍼센트라 자신할 수도 있었다.

펑엉!

"스트라이크!"

과감하게 초구 스트라이크를 던져 놓고, 2구 사인을 기다렸다.

스트라이크 존을 살짝 벗어나는 높은 포심 패스트볼.

1번 타자 최태수와 같은 위치다.

배트가 나오더라도 좋은 타구가 나올 수 없고, 나오지 않는다 하더라도 볼 카운트 하나 올라갈 뿐이니 부담 없다.

"볼!"

선구안이 좋았는지, 벤치에서 2구까지 지켜보라 한 건지 알 수 없지만 원성훈은 꼼짝도 하지 않았고, 3구를 때리면서 파울 타구를 추가했다.

2스트라이크 1볼의 상황에서 황대훈 선배가 바깥쪽 공하나 정도 빠지는 볼을 요구했고, 그대로 포수 미트가 머물러 있는 곳을 향해 던졌다.

틱!

배트에 빗맞은 공이 1루 쪽 라인을 타고 힘없이 굴러갔고, 재빨리 황대훈 선배가 라인 안쪽에서 공을 잡아 1루로 던졌다.

이걸로 2아웃.

타석을 향해 느긋하게 들어서는 대구 블루윙즈의 3번 타자 김재호.

클린업 트리오의 선봉장인 김재호는 매년 3할의 타율에 20개 이상의 홈런과 3할 중반의 출루율을 자랑하는 2루수로, 수비 능력이 조금 부족해서 그렇지 타격 능력만큼은 10개 구단의 모든 2루수를 통틀어 최고의 실력을 갖추고 있었다.

'역시 프로 10년 차의 베테랑인가?'

앞서 상대했던 1번, 2번 타자들과는 마주하는 느낌부터 달랐다.

황대훈 선배가 안쪽을 파고드는 컷 패스트볼을 요구해 왔다.

데이터에 의존한 구질과 코스 공략이다.

초구에도 과감하게 배트를 돌리는 성격이 강한 김재호였기에 그의 약점으로 평가받는 몸 쪽을 노리자는 뜻이다.

거기에 맞추는 능력이 상당히 좋은 타자였으니 포심 패스트볼보다는 컷 패스트볼이 좋다는 의견.

데이터와 황대훈 선배의 오랜 프로 경력을 믿고 과감하게 컷 패스트볼을 몸 쪽으로 찔러 넣었다.

딱!

초구를 노리고 들어왔다는 듯 김재호의 배트가 벼락처럼 공을 쪼갤 듯 튀어 나왔다.

포심 패스트볼이었다면 장타를 맞았을지도 모를 타격이다.

그만큼 깔끔한 스윙으로 나와 황대훈 포수가 어떤 식으로 자신을 공략할지 예상을 하지 않았으면 결코 나올 수 없는 타격이었다.

오직 한 가지만 부족했다.

컷 패스트볼을 예상하지 못했고, 예리하게 꺾인 볼은 배트 안쪽을 맞고 3루수 정면으로 통통 튀며 굴러갔다.

3루수 메이슨 발레타가 편안하게 타구를 잡아 1루에 송구해 1회 초 마지막 아웃 카운트를 완성했다.

너무나 만족스러운 데뷔전 첫 이닝을 마치는 순간이었다.

차지혁.

기록일 : 2026년 4월 11일.

상대 팀 : 대구 블루윙즈.

IP(이닝) : 1.

H(피안타) : 0.

R(실점) : 0.

ER(자책점) : 0.

HR(피홈런) : 0.

BB(볼넷) : 0.

HB(사구) : 0.

SO(삼진) : 1.

TBP(상대한 타자수) : 3.

NP(총 투구수) : 8.

당일 최고 구속 : 162㎞.

"멋지군!"

1루 내야 쪽에 자리를 잡고 앉은 차동호는 자신이 태블릿 PC에 차지혁의 경기 기록을 꼼꼼하게 작성하며 만족스럽게 웃었다.

* * *

그렉 알렉산더.

대구 블루윙즈에서 벌써 3시즌째 활약하고 있는 선발투수로, 에이스로서의 입지를 확고부동하게 다져 놓은 외국인 용병이다.

한국 프로 야구 첫 시즌부터 16승을 거두고, 이듬해 21승으로 다승왕 타이틀을 거머쥔 그렉 알렉산더는 에이스다운 안정적인 피칭으로 1회 말, 대전 호크스의 타선을 공 9개로 잠재워 버렸다.

내가 1회 초 대구 블루윙즈의 타선을 완벽하게 막아내며 뜨겁게 타오를 준비를 마친 대전 호크스 팀 분위기에 찬물을 끼얹은 것이다.

더그아웃에서 휴식을 취하며 다음 이닝 대구 블루윙즈의 4, 5, 6번의 타선을 어떻게 상대해야 하나 다시 한 번 머릿속에 그려보며 이미지 트레이닝을 시작하기가 무섭게 글러브를 들고 다시 마운드로 향해야만 했다.

"미안하다. 다음엔 한 방 갈겨줄게."

마운드로 향하는 내 곁으로 바짝 다가서며 정현우 선배가 그렇게 말했다.

1번 타자임에도 2구만에 배트가 나가며 유격수 땅볼로 아웃이 되어버린 그였다.

1번 타자로서 너무 성급한 면이 있었지만, 무조건 그를 탓할 수도 없었다.

반대로 내가 홈런을 맞았다고 정현우 선배가 날 비난할 순 없는 거다.

투수와 타자는 그 역할이 다르고, 그 책임 또한 스스로

짊어져야 한다.

"네. 부탁드립니다."

살짝 웃으며 대꾸하자 정현우 선배가 믿어보라는 말과 함께 수비 위치로 달려갔다.

대구 블루윙즈의 4번 타자는 이규환이다.

굉장히 유명한 선수다.

대전 호크스의 장태훈 선배만큼이나 국내 대표 거포로 명성을 떨치고 있으며, 항상 꾸준한 성적으로 대구 블루윙 즈의 4번 타자 자리를 4시즌 동안이나 꽉 움켜쥐고 있었다.

거구의 이규환이 배트를 길게 쥐고 어깨에 살짝 걸치고 있는 서 있는 타격 자세가 너무 여유롭게 보였다.

왼쪽 발이 한 발 정도 바깥쪽으로 열린 오픈 스탠스였는 데, 파워가 워낙 좋아 장타나 홈런을 꽤 잘 만들어냈다.

흔한 말로 걸리면 그대로 넘겨 버린다고 할 정도였고, 현 국내 타자들 가운데 가장 많은 장외 홈런 기록을 보유하고 있기도 했다.

장태훈 선배보다 정교함은 떨어졌지만, 힘 하나는 정말 무시무시한 타자다.

'바깥쪽 낮은 스트라이크?'

이규환의 타격 자세로 봤을 때 가장 취약한 코스다.

거기에 패스트볼에 강점을 가지고 있는 이규환을 상대로

초구부터 파워 커브로 카운트를 잡고 가겠다는 황대훈 선배의 사인은 일견 타당해 보였다.

쇄애액! 휘익~ 퍼엉!

"스트라이크!"

정확하게 원하는 코스에 파워 커브를 집어넣었다.

이규환은 거리를 가늠하듯 배트를 슬쩍 내밀어 보고는 고개를 한 번 끄덕였다.

두 번째로 황대훈 선배가 요구한 구종과 코스는 컷 패스트볼로 몸 쪽 타자 무릎을 스치고 지나가는 아슬아슬한 지점으로, 스트라이크 판정을 받으면 고맙고 볼 판정을 받아도 할 말이 없는 위치였다.

퍼엉!

정확하게 원하던 지점으로 공이 들어갔다.

황대훈 선배는 미트를 뻗은 자세 그대로 멈춰 있었다.

주심에게 스트라이크가 아니냐는 어필을 해봤지만, 아쉽게도 주심은 낮았다는 판정을 내렸다.

"볼!"

1스트라이크 1볼 상황에서 이규환은 여전히 처음과 같은 자세로 나를 노려보고 있었다.

여유 가득한 표정은 누가 봐도 자신 있다는 얼굴이었다.

세 번째 공은 조금 전에 던졌던 지점에서 공 반 개 정도

더 스트라이크 존 안으로 들어오는 컷 패스트볼.

"스트라이크!"

주심의 스트라이크 판정에 이규환이 살짝 불만스럽다는 듯 고개를 흔들었다.

2스트라이크 1볼.

누가 봐도 투수가 유리한 상황이다.

그렇다고 무턱대고 스트라이크를 던질 수도 없고, 어설프게 유인구를 던질 수도 없다.

황대훈 선배는 이규환을 슬쩍 바라보고는 사인을 보냈다.

바깥쪽을 아슬아슬하게 걸치는 컷 패스트볼.

제대로 들어오면 타자는 눈 뜨고 코 베인 격으로 꼼짝 없이 당하고 말겠지만, 제구가 조금이라도 어긋나면 주심은 고민 없이 볼을 선언한다.

문제는 볼이 선언되면 이후 같은 코스를 공략하기가 쉽지 않아진다는 사실이다.

주심 머릿속에 이미 볼이라는 인식이 심어지게 되니 공을 조금 더 안쪽으로 밀어 넣어야 하는데, 그때는 타자에게 잡힐 수 있는 문제가 있었다.

관건은 칼날 같은 제구력이다.

'던질 수 있다.'

자신 있다.

오늘은 어느 곳이든 포수 미트가 원하는 곳에 공을 집어넣을 수 있을 것 같았다.

소위 말하는 긁히는 날이라고 봐도 무방했다.

그만큼 컨디션은 최고조에 올라 있었다.

와인드업을 하고 곧바로 공을 던졌다.

쉐애애액.

퍼엉!

우타자인 이규환의 입장에서는 바깥쪽으로 빠지는 공이 살짝 꺾이며 안쪽으로 파고들었기에 꼼짝도 할 수 없었다.

스트라이크? 볼?

이규환이 주심을 돌아봤다.

1초도 안 되는 시간 동안 굳어 있던 주심이 아주 작게 고개를 끄덕이고는 과감하고도 역동적으로 제스처를 취했다.

"스트라이크! 타자 아웃!"

"미치겠네! 이게 스트라이크라고요? 누가 봐도 볼인데?"

. 이규환의 거친 음성에 마운드까지 들렸다.

스트라이크라 선언해도 할 말이 없는 공이었지만, 이규환은 대놓고 판정에 불만을 드러냈다.

선수들 중엔 이규환의 판정에 대한 강한 어필이 고의적인 행동인 걸 모르는 이가 없었다.

방금 공은 정말 기가 막혔다.

같은 코스를 지속적으로 공략한다면?

제대로 대응하기가 쉽지 않다.

구속, 구위 모든 게 너무 좋아서 제대로 된 타격을 하기가 쉽지 않았다. 물론 이규환 정도의 타자가 던진다는 확신을 갖고 배트를 휘두르면 홈런도 충분히 노려볼 수 있겠지만, 투수와 포수가 바본가?

대놓고 던질 리가 없으니 타자 입장에서는 죽을 맛일 거다.

"더 이상 판정에 불만을 드러내면 퇴장이야."

주심의 경고에 이규환이 사납게 노려보다 몸을 홱 돌려 더그아웃으로 향했다.

누가 봐도 화가 잔뜩 난 얼굴과 몸짓이었지만, 마운드 위에서 지켜보는 내 눈엔 연극으로밖에 보이질 않았다.

주심을 흔들겠다는 속셈이겠지.

자신의 판정이 정말 옳았는지 다시 한 번 고민하게 만들려는 수작이다.

이런 점이 베테랑의 장점이고 무서운 점이다.

신인 타자였다면 볼을 스트라이크라 선언해도 제대로 된 어필 한 번 해보지 못하고 어깨가 축 늘어져서 더그아웃으로 돌아갔을 거다.

베테랑이기에 이규환은 스트라이크도 볼이 아니냐 우기며 딱 적정선까지 판정에 불만을 드러내고 물러난 거다.

"오늘 판정이 완전 컴퓨터보다 더 정교합니다."

황대훈 선배가 주심을 향해 그렇게 말했다.

이규환만큼이나 베테랑인 황대훈 선배였기에 가능한 말이었다.

"쓸데없는 소리."

말은 그렇게 해도 주심의 표정이 한결 풀어져 있었다.

이규환으로 인해 살짝 굳어 있던 표정이 다시 정상으로 돌아왔으니 앞으로 방금 전과 같은 코스는 지속적으로 스트라이크 콜을 받을 수 있을 것 같았다.

대구 블루윙즈의 5번 타자는 외국 용병 애덤 코든으로 외야수지만, 수비력에 집중한 라인업에서는 지명 타자로 이름을 올릴 정도로 타격 능력이 뛰어났다. 아니, 외국 용병에게 타격 능력은 가장 우선시되는 부분이니 당연했다.

'코스 확인부터 하고 가자는 거군.'

황대훈 선배는 초구를 이규환을 삼진으로 잡아버린 같은 코스의 컷 패스트볼로 요구했다.

아무래도 이규환의 어필이 주심의 마음을 어느 정도로 돌려놨는지 확인하고 싶은 모양이었다.

이번에도 스트라이크 선언이 되면 안심하고 던질 수 있

는 코스가 된다.

조금 전보다 더 현란한 무브먼트를 자랑하며 정확하게 미트에 공이 틀어 박혔다.

"스트라이크!"

주심은 변함없이 스트라이크 선언을 했다.

오히려 조금 전보다 훨씬 빠른 타이밍에 당연하다는 듯 콜을 했으니 이건 의심할 여지가 없는 완벽한 스트라이크 라는 인식이 확고하게 머리에 박힌 거다.

황대훈 선배의 포수 마스크 뒤쪽의 얼굴에 만족스러운 미소가 걸려 있었고, 타석에 선 애덤 코든은 살짝 눈을 찌 푸리며 고개를 절레절레 저었다.

볼이라 생각하는 게 아니라, 이런 코스를 파고들어 오면 도저히 답이 없다는 행동 같았다.

'반보 붙었어.'

애덤 코든이 홈플레이트를 향해 반보 정도 달라붙었다.

바깥쪽 코스를 컷 패스트볼로 공략하니 그에 걸맞는 대 응법을 찾을 수밖에 없는 거다.

당연히 그런 대응에 황대훈 선배와 나는 몸 쪽을 공략하 는 빠른 포심 패스트볼로 쉽게 카운트를 가져갈 수 있었다.

몸 쪽을 송곳처럼 파고드는 150㎞ 초반의 포심 패스트볼 과 바깥쪽을 헤집어 놓는 컷 패스트볼은 당장 공략할 방법이 없다.

제아무리 대단한 타자라도 첫 대결에서 안타를 뽑아내는 건 힘들다.

"스윙! 삼진 아웃!"

이규환과 마찬가지로 공 4개로 애덤 코든을 삼진으로 잡아내곤 다음 타자를 바라봤다.

유경석. 대한민국 국가대표 중견수로 엄청나게 넓은 수비 범위와 빠른 발, 거기에 천부적인 타격 재능까지 갖추고 있는 대구 블루윙즈의 프랜차이즈 스타.

14년의 프로 생활로 인해 2년 전부터 노쇠화로 인한 기량 하락이 뚜렷하게 보이고 있는 선수다. 그럼에도 여전히 대구 블루윙즈에서 6번 밑으로는 밀려나지 않고 있었다.

"스트라이크!"

좌타자인 유경석은 몸 쪽으로 바짝 붙어서 날아오다 살짝 꺾이며 스트라이크 존으로 파고들어 가는 컷 패스트볼에 황당하다는 표정으로 날 바라봤다.

우타자에게는 먼 바깥쪽 코스가, 좌타자인 유경석에게는 위협적인 몸 쪽 코스가 되어 간담을 서늘하게 만들었다.

2스트라이크 2볼 상황에서 결정구로 삼은 건 바깥쪽 스트라이크 존을 걸치고 들어가는 파워 커브였다.

몸 쪽을 지속적으로 공략하다 처음으로 던진 바깥쪽, 그것도 파워 커브에 배트를 휘둘러 보지도 못하고 루킹 삼진을 당하고 말았다.

2회는 너무나도 완벽하게 3타자 연속 삼진으로 이닝을 마쳤다.

삼진을 잡았다는 것보다 기쁜 건 역시 우타자 바깥쪽을 걸치고 들어가는 컷 패스트볼이 심판의 눈에 익었다는 점이다.

대구 블루윙즈 타자들이 얼마나 빠른 시간 내에 이 공에 대처하게 될지 모르지만, 쉽지만은 않을 것이다.

2회에 던진 투구수는 13개.

1회까지 더하면 21개.

박수가 절로 나올 피칭 내용이다.

*   *   *

"이거 참."

유정학 단장은 마운드 위에 오연하게 서 있는 차지혁의 모습이 도저히 적응이 되질 않았다.

대전 호크스의 단장으로서 차지혁을 얻기 위해 많은 부분을 포기하면서까지 계약을 체결했지만, 솔직히 마음 한구석이 무거운 돌덩이를 얹어 놓은 것처럼 답답했었다.

대전 호크스의 단장으로서 상당 부분 불이익을 감수한 계약이었다.

물론 대전 호크스가 얻게 될 이익이 엄청나지만, 국내 계약 수준과 비교했을 때 통상적으로 이보다 훨씬 더 많은 이익을 얻어야만 했다.

그런 것들을 다수 포기하고 차지혁을 얻었으니, 만에 하나라도 차지혁이 제대로 된 성적을 내지 못하면 모든 책임을 자신이 뒤집어 써야 했기에 시즌이 다가올수록 마음이 조여 온 건 사실이었다.

상당히 신경을 썼다.

잠까지 줄여야 할 정도로 바쁜 시기임에도 불구하고 유정학 단장은 차지혁의 모든 것에 대한 보고를 직접 받았을 정도였다.

그렇게 집중 관리 대상이었던 차지혁은 고맙게도 아무런 문제도 일으키지 않았다. 아니, 정말 야구를 위해 태어난 사람처럼 누구보다 훈련에 열성적으로 참여하며 선배들과의 사이도 원만하게 지내고 있었다.

고졸 신인 선수로서 당연한 자세였지만, 워낙 유명세를 떨치고 있다 보니 거만을 떨지 않을까 하는 일말의 걱정이 있었던 것 또한 사실이다.

그러다 개막전 선발로 등판한다는 소식에 우려가 됐다.

고졸 신인 투수가 견뎌낼 수 있는 중압감이 아니라 여겼다.

백유홍 감독을 찾아가 선발 로테이션을 바꾸는 것이 어떻겠냐는 월권 침해까지 감행했다.

감독과의 불화야 시간을 두고 회복하면 되지만, 차지혁이 개막전에서 난타를 당해 자신감을 잃거나 슬럼프에 빠지면 그 피해는 절대 쉽게 회복되지 않는다.

이런 자신의 행동에도 불구하고 차지혁은 결국 개막전 선발로 등판했다.

그러고는 믿겨지지 않을 정도로 완벽한 피칭으로 강팀 대구 블루윙즈 타선을 꼼짝도 못하게 움켜쥐고 있었다.

유리창 너머로 보이는 마운드 위에서 차지혁은 또다시 타자를 삼진으로 잡아내며 이닝을 마쳤다.

중견수 너머 펜스 뒤, 잔디밭에는 대전 호크스의 팬들이 직접 제작한 플라스틱 판넬이 여덟 개나 줄지어 세워져 있었다.

판넬에는 단 한 글자만이 쓰여 있었다.

K.

삼진을 뜻하는 글자로 차지혁이 타자를 삼진으로 잡을 때마다 판넬이 하나씩 추가가 되었고, 어느덧 그 숫자가 8개였다.

"5이닝 무실점, 8탈삼진이라……. 허!"

고교 리그 때부터 역대급, 역대급이라고 하더니 확실히 다르다는 걸 인정해야만 했다.

메이저리그 스카우트들이 어째서 고졸 신인 투수에게 수천만 달러를 보장하며 계약을 하려고 했는지 다시금 이해가 갔다.

세계에서 야구에 관한한 최고의 눈을 지녔다 자부하는 이들이 메이저리그 스카우트들이다.

선수의 재능과 실력을 파악하는 일에는 도가 튼 자들이다.

그들이 수천만 달러를 안겨가며 계약을 하려고 했으니 더 이상 차지혁의 실력과 재능에 의구심을 갖는 건 정말 바보 같은 짓이었다.

국내 언론부터 시작해서 얄팍한 지식으로 차지혁의 미래를 예견하며 비난과 악플을 달아대는 이들이 한심하게 느껴지는 유정학 단장이었다.

"그러고 보니… 지금까지 퍼펙트군."

벌써부터 퍼펙트를 거론한다는 것이 참 우습지만, 유정학 단장은 저도 모르게 꽉 움켜쥔 주먹에서 땀이 배어나오는 걸 느낄 수 있었다.

고졸 신인 투수가 데뷔전, 그것도 개막전에서 퍼펙트를 달성한다면?

"전 세계가 뒤집히겠군."

국내뿐만 아니라 전 세계의 야구계가 발칵 뒤집히는 일대 사건이 된다.

더불어.

"프론트가 바빠지겠지."

최소 2년.

차지혁이 아무리 대단한 성적을 거둔다 하더라도 최소 2년 동안은 문제가 될 것 없다 여겼다. 그런데 오늘 경기는 전혀 예상하지 못한 방향으로 흘러나고 있었다. 그로 인해 기간이 단축될지 모른다는 불안한 생각이 들었다.

Chapter 2

"스윙! 타자 아웃!"

주심의 아웃 콜을 들으며 모자를 벗어 이마에 맺힌 땀을 닦아냈다.

"후우우."

크게 숨을 내쉬며 모자를 고쳐 썼다.

7회 초, 두 번째 타자까지 아웃 카운트를 만들었다.

원성훈은 축 늘어진 어깨로 터덜터덜 더그아웃으로 돌아갔다.

3타수 무안타 2삼진은 개막전 최악의 성적표다.

물론, 원성훈보다 더 심한 전 타석을 삼진으로 장식한 타자들도 있다.

'이걸로 열 개째인가?'

고개를 돌려 전광판 우측, 대전 한밭 야구장 글램핑존 잔디 위를 바라봤다.

KKKKKKKKKK.

삼진을 잡을 때마다 하나씩 늘어난 플라스틱 판넬이 어느새 열 개였다.

이걸로 신인 데뷔전 탈삼진 기록은 타이가 됐다.

여기서 하나만 더 추가하면 그대로 신기록을 수립하는 거다.

애초부터 삼진 기록을 세우겠다고 생각한 일이 아니었지만, 어느새 타이가 되어버리니 하나 정도는 더 추가해서 신기록을 세우고 싶다는 욕심이 생겼다.

7회 투 아웃, 주자가 없는 상황에서 타석에 들어선 타자는 김재호였다.

*   *   *

2타수 무안타.

2개의 땅볼만 기록하고 있는 김재호의 눈엔 독기가 가득했다.

두 타석 모두 초구에 배트를 휘두르며 각각 3루와 유격수 정면으로 굴러가는 쉬운 타구로 1루 베이스를 밟기도 전에 아웃 선언을 당했다.

까다로워야 할 타자였지만, 초구에 배트가 나와서 내 투구수를 줄여주는 도우미 역할을 톡톡히 해주었다.

퍼엉!

"볼!"

살짝 빠졌다.

어느덧 투구수가 80개를 넘어섰고 서서히 악력이 떨어지고 있었다.

제구력만 잡으려고 하면 문제가 되지 않았지만, 이전과 같은 구위가 나오지 않았다.

볼이라고 판단해서인지, 아니면 앞선 두 타석에서 성급할 정도로 초구에 배트를 휘둘러 벤치의 지시가 있었기 때문인지, 김재호는 꼼짝도 하지 않았다.

'까다롭게 됐군.'

김재호는 만만한 타자가 아니다.

앞선 타석에서 초구에 배트를 휘둘러 2번 연속 땅볼 아웃을 당하긴 했지만, 강팀 대구 블루윙즈 클린업 트리오의 첫 번째 선봉장이고 테이블세터들이 주자로 나가 있으면 상당히 높은 확률로 타점을 기록해 왔다.

그 말은 집중력을 발휘하면 어떤 투수의 공이라도 배트에 갖다 맞추는 능력이 뛰어나다는 뜻이다.

확실하지 않으면 휘두르지 않겠지.

투수의 공을 따라가지 않고 오로지 자신의 스트라이크 존을 만들어 두고 거길 통과하는 공에만 스윙을 할 거다.

황대훈 선배도 그걸 알곤 2구로 오늘 강력한 도우미 역할을 하고 있는 바깥쪽 스트라이크 존을 살짝 걸치는 컷 패스트볼을 요구해 왔다.

구위보다는 제구력이 우선시되어야 하는 코스였기에 애써 힘을 주지 않고 가볍게 공을 던졌다.

퍼엉!

"스트라이크!"

주심의 스트라이크 판정에 김재호가 눈만 한 번 일그러트렸다.

이미 오늘 경기 내내 스트라이크 판정을 받고 있는 공에 더 이상 불만을 드러낼 이유가 없다.

자칫 주심의 신경이라도 건드리면 그만큼 타자에게 손해가 오니 보이지 않게 인상만 찌푸리고 타격 자세를 잡았다.

1스트라이크 1볼 상황에서 황대훈 선배가 요구한 3번째 공은 타자 몸 쪽 스트라이크 존을 걸치는 컷 패스트볼이었다.

오늘 두 번이나 김재호에게서 땅볼을 유도한 구종과 코스였다.

이번에도 김재호의 배트가 나와서 범타 처리가 되면 좋고, 안 나온다 하더라도 스트라이크가 선언되니 투수와 포수 입장에서는 아쉬울 것 없었다.

내가 던지는 컷 패스트볼처럼 무브먼트가 좋은 공이 몸 쪽을 파고들면 확실히 타자 입장에서는 공략하기가 쉽지 않다.

작정하고 노린다면 모를까, 그렇지 않다면 타자 입장에서는 아주 짜증 나는 공이 될 수밖에 없다.

따악!

공을 던지고 난 후, 오늘 경기에서 처음으로 내 얼굴이 일그러졌다.

제대로 맞았다.

작정하고 노린 타격이었다.

김재호는 2타석에서 모두 같은 구종의 같은 코스에 당했다는 걸 노리고 타석에 들어섰던 거다.

포심 패스트볼을 머리에서 아예 지워 버렸다는 뜻이다.

컷 패스트볼만 노린 타격은 정확하게 배트에 맞고 3루수와 유격수의 키를 가볍게 넘겨 버렸다.

안타다.

오늘 첫 피안타를 맞았다는 생각에 아쉬움이 밀려들었다.

지금까지 퍼펙트로 게임을 이어나가고 있었는데 방금 김재호를 상대로 안타를 맞았다는 생각에 아쉬웠지만 한편으로는 홀가분한 마음도 들었다.

은연중에 부담감이 있었던 거다.

―우와아아아아아아!

구장이 떠나갈 것 같은 함성이 터졌다.

원정팀 타자가 안타를 쳤다고 함성을 지른다?

말도 안 되는 일이다.

그렇다면 다른 이유가 있기 때문이다.

재빨리 고개를 돌려보니 좌익수 진주호 선배가 그라운드 위에 배를 깔고 누워 있었다.

그 상태에서 글러브를 머리 위로 살짝 들고 있었다.

"그걸… 잡았어?"

완벽하게 안타라 여겼다.

맞는 순간 타구가 날아가는 궤적만 봐도 알 수 있다.

3루수와 유격수의 키를 넘겨 좌익수 앞에 떨어지는 안타가 될 타구였다.

그런데 그걸 좌익수 진주호 선배가 잡아낸 거다.

설마 시프트를 걸어놨던 건가?

그럴 리가 없다.

타자의 성향에 맞춰서 수비수의 위치를 조정하는 수비 시프트는 공을 던지기 전 내야수들의 위치를 확인했을 때만 하더라도 변화가 없었다.

그렇다면 외야수들만 조정을 했다는 이야기인데, 김재호는 장타 능력도 제법 좋았기에 외야수비가 전진할 이유가 없었다.

어떻게 된 일인지 모르겠지만, 어쨌든 진주호 선배가 아주 귀중한 아웃카운트를 잡았기에 나는 모자를 벗어 살짝 고개를 숙여주고는 마운드를 내려와 더그아웃으로 향했다.

황대훈 선배가 내 옆으로 얼른 달려와 어깨를 툭 쳤다.

"어때? 기분 좋지? 주호가 저런 나이스 캐치를 하는 건 시즌 동안 3번도 되지 않는다. 아마도 네 기록을 의식해서 죽어라 뛰어서 잡은 모양인데, 경기 끝나면 인사라도 해라."

"예. 맞는 순간 안타라고 확신했었는데 그걸 잡아서 얼떨떨합니다."

"네 구위가 너무 좋아서 외야 수비를 약간 전진시켰다."

"아…….."

그런 거였나?

보통 구위가 좋은 투수들은 장타를 잘 맞지 않는다.

벤치에서는 황대훈 선배에게 내 구위에 대해 듣고는 빗맞은 안타를 의식해 외야수비를 전진시켰다는 걸 알 수 있었다.

그렇다 하더라도 방금 김재호의 타구를 잡아낸 건 오롯이 진주호 선배의 눈부신 수비력 덕분이었다.

"자자! 이제 한 점 뽑아보자! 알렉산더도 힘 빠져서 이제 슬슬 실점할 때가 됐잖아!"

정현우 선배가 더그아웃에 들어선 선수들을 향해 힘 있게 격려를 했다.

오늘 경기는 눈부신 투수전이라 불러도 손색이 없었다.

그렉 알렉산더는 6이닝 동안 고작 2개의 볼넷과 2개의 피안타만을 기록하고 있었다.

삼진도 7개나 잡았으니 확실하게 개막전 선발투수의 집중력과 실력을 선보이고 있는 중이다.

"어깨는 어때?"

송진욱 투수 코치가 다가와 상태를 물어왔다.

6이닝을 마치고 더그아웃으로 들어왔을 때만 하더라도

날 향해 말을 걸어주는 선수나 코치는 없었다.

그도 그럴 것이 퍼펙트로 게임을 이끌어 나가고 있었으니 자연스럽게 투수인 나에게 조심을 하는 거였다.

그러던 것이 7회에 안타라 여겼던 타구를 호수비로 잡아내면서 팀 분위기가 후끈 달아오르자 6회까지만 하더라도 쥐죽은 듯 있던 정현우 선배가 큰 소리로 선수들을 격려했고, 송진욱 투수 코치도 조심스럽게 다가온 것이다.

경기에 집중을 하는 건 좋아도 같이 그라운드에서 땀을 흘리며 경기를 뛰는 선수들에게 부담감과 긴장감을 주기는 싫었기에 오히려 지금 분위기가 훨씬 더 좋았다.

"아직 괜찮습니다."

내 대답에 송진욱 투수 코치는 고개만 끄덕이고는 자신의 자리로 돌아갔다.

더그아웃 분위기는 한결 밝아져 있었지만 여전히 내 주변에는 선수들이 없었다.

혼자만의 공간에 남겨진 것 같은 기분이지만, 휴식을 방해하는 이들이 없다는 건 만족할 만했다.

7회 말, 선취 득점에 성공했다.

5번 타자 그랜트 커렌이 중견수 앞 안타로 1루로 나가자, 6번 타자 김추곤 선배가 끈질기게 승부를 물고 늘어지며 기어이 볼넷으로 살아나갔다.

순식간에 무사 1, 2루의 찬스가 만들어졌다.

여기서 백유홍 감독은 안전하게 가겠다는 의지로 7번 황대훈 선배에게 희생번트를 지시했고, 1사 2, 3루 상황으로 이어졌다.

외야 플라이로 타점을 만들어 내야 한다는 중압감에 8번 장근범 선배는 허무하게 삼진을 당하며 고개를 푹 숙이고 더그아웃으로 돌아왔다.

분위기가 식은 상황에서 9번 박상천 선배가 초구에 종아리를 스치는 데드볼로 살아서 1루를 채웠다.

2사 만루.

타선은 1번 타자 정현우 선배였고, 그 여느 때보다 집중력을 발휘한 정현우 선배는 기어이 알렉산더를 상대로 1루수 키를 살짝 넘기는 단타를 치면서 타점을 올렸다.

1루에서 포효하는 정현우 선배가 멋있게 보이기까지 했다.

이어서 앞선 이닝에서 눈부신 호수비를 보여줬던 진주호 선배가 좌중간을 꿰뚫는 2타점 2루타로 대전 한밭 야구장을 들썩거리게 만들었다.

호수비 이후 좋은 타격이라는 전형적인 야구계 속설을 증명하는 한 방이었다.

결국 대구 블루윙즈의 선발투수 그렉 알렉산더는 거기까지였고, 이후 바뀐 투수를 상대로 메이슨 발레타가 펜스 앞까지 날린 타구가 중견수 글러브에 들어가며 아쉽게도 공격을 마쳤다.

8회 초, 이제 경기를 마무리 지을 수 있는 아웃 카운트는 오직 6개.

무엇보다 6명의 타자만 잡으면 경기는 끝나고, 고졸 신인 투수가 개막 선발 데뷔전에서 퍼펙트라는 경이적인 기록을 세우게 된다.

퍼펙트게임.

투수라면 누구나 꿈을 꾸는 대기록이다.

이미 고교 리그에서 퍼펙트와 노히트노런을 달성해 봤지만, 프로에서 느끼는 것과는 확연하게 달랐다.

8회에 마운드에 오르니 약간 심장이 두근거렸다.

앞으로 6개의 아웃 카운트만 잡으면 된다.

사람인 이상 퍼펙트게임에 대한 욕심이 없을 순 없다.

다만, 겉으로 내색하지 않을 뿐이었다.

'이번 이닝이 고비다.'

8회 초, 대구 블루윙즈의 타선만 잘 넘기면 퍼펙트게임을 눈앞에 두게 된다.

오늘 대구 블루윙즈의 7, 8, 9번의 하위 타선은 크게 어려울 게 없었다.

그러니 이번 타석에 서는 4번 이규환, 5번 애덤 코든, 6번 유경석을 어떻게 막아내느냐가 아주 중요했다.

"후우우우."

크게 심호흡을 하며 두근거리는 심장을 다독였다.

타석에 들어서는 4번 타자 이규환은 당장이라도 거구의 몸을 이끌고 마운드로 달려와 날 죽일 것처럼 사나운 눈을 하고 있었다.

고졸 신인 투수 데뷔전에 퍼펙트게임을 준다?

대구 블루윙즈의 입장에서는 두고두고 놀림감이 될 일이다.

'배트를 짧게 쥐었어?'

대구 블루윙즈 4번 타자로서의 자존심을 버린 타격 자세다.

확실했다.

퍼펙트만큼은 막는다.

의지가 느껴졌다.

오늘 경기 최고의 승부가 될 것 같았다.

내외야 수비 위치를 살펴보니 조금씩 좌측으로 이동해 있었다.

외야수들은 이규환의 힘을 알고 있음에도 살짝 전진 수

비를 하고 있었다.

공이 뒤로 빠진다 하더라도 이규환의 주력이 워낙 느렸기에 2루타 이상은 나올 수 없었기 때문이다.

초구는 몸 쪽 높은 위치의 스트라이크 존을 통과하는 포심 패스트볼.

자칫하면 홈런을 얻어맞을 수도 있는 코스였지만 황대훈 선배는 과감하게 사인을 보냈다.

믿는 거다.

오늘 내 포심 패스트볼의 구위가 이규환이라는 타자를 상대로도 밀리지 않는다는 걸 믿기에 이런 사인을 보낼 수 있는 거였다.

투수는 포수의 믿음에 보답하는 포지션이다.

포수가 믿지 못하는 투수는 결코 마운드 위에서 자신 있게 공을 던지지 못한다.

그런 의미에서 황대훈 선배는 오늘 내 공을 그 어떤 투수보다 굳건하게 믿고 의지하고 있었다.

쇄애애액!

퍼—엉!

"스트라이크!"

이규환의 어깨가 움찔거리며 살짝 떨었다.

뭘 노렸을지 짐작이 갔다.

바깥쪽 컷 패스트볼을 노렸겠지.

확실하게 카운트를 잡고 갈 수 있는 오늘 최고의 공이었으니 이규환은 그걸 노리고 타석에 섰을 거다.

배트를 짧게 쥐었다고 타구를 펜스 밖으로 넘기지 못할 타자가 아니었으니까.

우선 초구는 잡았다.

이제부터 중요하다.

이규환은 스트라이크 존을 넓게 보고 확실하지 않은 공은 커트를, 확실한 공에 대해서는 그대로 스윙을 할 거다.

오늘 삼진만 2개 당하며 자존심과 체면을 완전히 구긴 이규환으로서는 반전의 한 방이 필요했다.

거기에 8회였으니 타자에게 유리하게 적용되고 있는 시간이다.

선발투수인 나는 초반보다 월등하게 힘이 빠져 있지만, 타자는 공이 어느 정도 눈에 익었기에 앞선 타석과는 다르게 서로의 입장이 완전히 반대가 되어 있는 상황이다.

황대훈 선배가 선택한 2구는 바깥쪽 스트라이크 존에서 아래쪽으로 공 하나 정도 빠지는 파워 커브였다.

이규환의 배트를 이끌어 내기 위한 유인구로 스트라이크 존을 넓게 보고 있을 이규환으로서는 배트를 낼 공산이 컸다.

딱.

배트가 나왔고, 파울이 됐다.

3구는 몸 쪽으로 파고들어 가는 포심 패스트볼이었고, 역시 이규환은 커트해 냈다.

4구 역시 공 하나가 빠지는 낮은 볼이었지만 커트에 성공했고, 5구와 6구는 바깥쪽 빠지는 포심 패스트볼을 공 반 개 차이로 연달아 던졌지만 배트를 휘두르지 않으며 볼을 얻어냈다.

2스트라이크 2볼 상황에서 황대훈 선배가 선택한 결정구는 바깥쪽 컷 패스트볼이었다.

글러브에 들어가 있는 공을 손가락으로 굴리며 황대훈 선배의 포수 미트를 바라봤다.

동시에 이규환의 타격 자세가 홈플레이트 쪽으로 아주 약간 붙었다는 점과 배트를 쥔 손이 느슨하다는 게 보였다.

느낌이 좋지 않다.

이건 투수의 감이다.

그런 순간이 있다.

이 공을 던지면 타자가 맥없이 헛스윙을 할 것 같거나, 안타를 맞을 것 같다는 느낌이 오는 순간이 있다.

지금이 그랬다.

이규환의 사나운 눈동자가 맛있는 먹잇감을 눈앞에 두고

아가리를 벌리는 맹수의 그것처럼 보였다.

까끌까끌한 야구공의 그립이 손에 잡혔다.

컷 패스트볼… 아니다.

여기서 컷 패스트볼은 이규환이 노리고 있는 공이다.

황대훈 선배의 사인을 받았지만, 섣부르게 공을 던질 수 없었다.

결국 투구판을 밟고 있던 오른발을 뒤로 뺐다.

내 행동에 황대훈 선배가 주심에게 타임을 요청하고는 마운드로 달려왔다.

"왜? 어디 문제라도 있어?"

"선배님."

"응?"

"개막전 초구 기억하시죠?"

"개막전 초구?"

"그걸로 가겠습니다."

"지금?"

황대훈 선배가 눈을 동그랗게 뜨고 날 바라봤다.

대구 블루윙즈 4번 타자 이규환을 상대로 한가운데를 던지겠다니 놀랄 수밖에.

포수 마스크 뒤의 눈동자가 흔들리고 있었다.

베테랑 포수 입장에서 고졸 신인 투수를 리드하는 건 당연했다.

다른 때라면 설득을 하거나 자신을 믿어보라며 자신 있게 리드를 했겠지만, 황대훈 선배는 굳게 다문 입을 쉽사리 열지 못했다.

퍼펙트게임이 진행 중이다.

부담이 되는 거다.

여기서 자신의 사인대로 던져 달라고 했다가 안타를 맞으면?

그 무거운 책임을 며칠, 아니, 평생 짊어지고 가야 한다.

한국 프로 야구 통산 단 한 번도 나오지 않았던 퍼펙트게임인데, 고졸 신인 투수가 데뷔전, 그것도 개막전에서 퍼펙트 게임을 이어나가고 있는 중이다.

포수인 황대훈 선배의 입장에서는 미칠 노릇이다.

퍼펙트게임을 달성하게 되면 황대훈 선배 개인적으로도 평생 자랑할 만한 업적이 되지만, 달성하기 전까지의 부담감과 중압감은 살이 떨릴 정도로 살벌했다.

"자신 있는 거냐?"

황대훈 선배가 살짝 떨리는 음성으로 물어왔다.

"제가 가장 믿을 수 있는 확실한 공입니다."

자신 있는 대답에 황대훈 선배는 고개를 끄덕였다.

"그래. 날 믿고 던져라."

황대훈 선배가 내 어깨를 툭 치고는 포수 자리로 돌아갔다.

돌아가는 뒷모습에서도 아직까지 자신의 결정에 대한 확신이 없는 듯 보였다.

마음은 충분히 이해한다.

어떻게든 내게 도움이 되려고 하는 황대훈 선배였으니 그 마음은 고마웠다.

"죄송합니다."

황대훈 선배가 주심을 향해 살짝 고개를 숙여 보였다.

마운드에 올라갔던 시간이 길었기 때문이다.

주심도 상황이 상황인지라 별다른 말을 하지 않고 경기를 속행하라는 제스처만 보였다.

"가자! 가자!"

자리에 앉은 황대훈 선배가 힘차게 외치며 긴장이 풀어졌을 야수들을 일깨웠다.

동시에 부산스러울 정도로 움직였다.

타자인 이규환의 집중력을 흩어놓으려는 베테랑 포수의 연륜이 묻어나오는 행동이다.

지금 이 순간 나만큼이나 긴장하고 있을 사람이 타석에 서 있는 이규환이었다.

어떤 공이 어떻게 코스로 날아올지 머릿속이 복잡하게 돌아가고 있겠지.

무엇을 노리든 내가 던질 공은 결국 하나다.

투수는 피해선 안 된다.

타자와 정면으로 마주서서 승부를 봐야만 한다.

타자가 거친 야생성을 지닌 포악한 맹수라면 투수는 노련한 사냥꾼이 되어야 한다.

사냥꾼인 내가 가진 최고의 무기는 포수 미트를 꿰뚫어 버릴 듯 손끝에서 뿜어져 나가는 불같은 강속구다.

"후으으으읍."

와인드업을 하며 호흡을 들이켰다.

온몸의 힘을 오른발 축에 모아서 허리를 지나쳐 어깨를 관통해 손끝으로 이끌었다.

단단하게 움켜쥔 둘레 23㎝의 딱딱한 야구공을 내가 던질 수 있는 최고의 속도로 던졌다.

오늘 내가 던진 최고의 공이 되어야 한다.

개막전 초구로만 생각했었던, 제구력을 버린 최고의 강속구를 8회에도 던지게 될 줄이야.

야구공의 실밥이 손가락 끝에 제대로 채였다.

엄청난 백스핀과 함께 포수 미트를 향해 총알처럼 쏘아진 야구공.

타석에 선 이규환이 눈을 부릅뜨며 짧게 쥔 배트를 휘둘렀다.

두 개의 선이 교차했다.

투수 마운드에서 포수의 미트까지 일직선으로 이어진 선 하나.

홈플레이트 위의 공간을 가르며 생겨난 사선 하나.

부—웅!

바람을 가르는 소리가 뒤늦게 나왔다.

퍼— 어엉!

고요했던 한밭 야구장 전체의 정적을 깨트리는 미트 파열음이 천둥처럼 울려 퍼졌다.

포수 미트를 끼고 있는 왼손을 쭉 뻗은 황대훈 선배의 팔이 움찔거렸다.

"스, 스윙! 타자 아아아웃!"

펄펄 뛰는 수산시장의 활어처럼 포수 뒤에서 격렬하게 제스처를 취하는 주심.

—우와아아아아아아아!

귀가 먹먹할 정도의 엄청난 함성이 한밭 야구장을 뒤흔들었다.

이규환은 넋이 나간 얼굴로 날 바라보고 있었다.

헛바람을 툭 내뱉으며 고개를 절레절레 저었다.

분한 감정은 보이지 않았다.

4번 타자의 자존심마저 버리고 배트를 짧게 쥐고 타석에 섰을 때의 비장감 넘치던 모습을 생각하면 삼진으로 인한 극도의 분노와 상실감을 느껴야 할 이규환이었지만, 그는 담담하게 더그아웃을 향해 걸음을 내딛었다.

팀의 4번 타자로서 삼진을 당했다는 사실에 대한 부끄러움이 전혀 느껴지지 않았다.

오히려 당당했다.

이규환의 뒷모습을 바라보고 난 후에야 전광판을 확인했다.

오늘 내가 던진 최고의 공.

그 공의 구속이 궁금했다.

전광판에 선명하게 찍혀 있는 3개의 숫자.

162km.

오늘 경기 처음으로 던졌던 공과 같은 구속이었다.

힘이 빠진 건가?

분명 더 빠를 거라 여겼기에 약간은 실망스러웠다.

하지만 내 이런 실망스러움과 다르게 야구장의 열기는 최고조에 이르렀다.

—차지혁! 차지혁! 차지혁! 차지혁! 차지혁!

내 이름을 광신도처럼 외치는 관중들의 하나 된 목소리가 8회까지 쌓인 피로감을 녹여내는 것만 같았다.

온몸에 힘이 다시 차오르는 것처럼 상쾌했고 든든했다.

거센 파도처럼 이어지던 응원의 목소리가 대구 블루윙즈 5번 타자 애덤 코든이 타석에 들어서면서 거짓말처럼 멈췄다.

고요했다.

물방울이 떨어지면 그 소리가 들릴 정도로 정적에 휩싸였다.

관중들도 알고 있다.

지금은 퍼펙트게임을 진행 중이다.

6회부터 관중들은 내 투구를 방해하지 않기 위해 쥐 죽은 듯 입을 다물고 있었다.

방금 열광적인 응원은 오늘 게임에 있어 가장 하이라이트라 할 수 있는 멋진 정면 승부였고, 8회에 또 한 번 불같은 강속구를 던졌기에 참지 못하고 터져 나온 함성이었다.

이제는 다시 조용히 응원을 시작했다.

관중 중엔 침 넘어가는 소리조차 크게 들리지 않을까 조심하는 이들도 보였고, 최고의 명장면을 놓칠까 싶어 화장

실조차 가지 못하고 참는 이들도 있을 거다.

아름다운 여성 팬들은 두 손을 꼭 잡고 응원했고, 신나게 맥주를 들이켜며 치킨을 먹던 남성 팬들도 맥주 김이 풀풀 날아가고 있었지만 개의치 않고 마운드 위에 담담하게 서 있는 나만 주시하고 있었다.

이제 안다.

여기서 퍼펙트가 깨진다 하더라도 어째서 나를 슈퍼 루키라 부르는지, 메이저리그 구단들이 왜 수천만 달러의 돈보따리를 풀면서까지 계약을 하려고 했는지, 백유홍 감독이 무슨 생각으로 개막전 선발투수로 내세웠는지 확실하게 안다.

타석에 들어선 애덤 코든의 표정은 딱딱하게 굳어 있었다.

8회에도 100마일의 공을 던지는 선발투수.

메이저리그에서도 보기 쉽지 않다.

다른 걸 다 떠나서 그 정도의 선발투수들이 어떤 대우를 받는지 애덤 코든은 누구보다 잘 안다.

다른 누구도 아닌 본인 스스로의 경험이다.

메이저리그 무대에 서봤던 자신의 경험과 마이너리그에서 귀가 따갑도록 들었던 화려한 스타들의 이야기.

퍼엉!

"스트라이크!"

몸 쪽 포심 패스트볼.

애덤 코든은 꽉 차게 들어오는 몸 쪽 포심 패스트볼에 한숨을 쉬고는 타석에서 물러났다.

이 승부는 뻔했다.

애덤 코든은 이규환이 삼진을 당하는 순간 위축되고 말았다.

내 구위에 기가 질렸고, 대전 호크스 홈 관중들의 열광적인 응원과 퍼펙트게임을 바라는 뜨거운 염원에 완전히 기세가 꺾였다.

국내 선수라면 이를 악물고 어떻게든 퍼펙트를 깨려고 하겠지만… 용병인 애덤 코든의 입장에서 퍼펙트를 깬다?

'부담스럽겠지.'

그것도 아주, 엄청나게 부담스러울 거다.

한국 프로 야구사에 한 번도 없었던 퍼펙트게임인데 그걸 외국 용병이 깨버린다?

한국 생활이 굉장히 괴로워진다.

같은 한국 선수라면 괜찮을지 몰라도 외국인이 퍼펙트게임을 물거품으로 만들어 버리면 일부 극성스런 팬들의 원성을 견디기가 쉽지 않을 거다.

더 까놓고 말해서 지금은 대구 블루윙즈 팬들을 제외하

면 모든 야구팬이 퍼펙트게임을 원하고 있다고 보면 된다.

어차피 타 구단 팬들이야 자신이 응원하는 팀만 아니면 그만이라 여길 테니까.

그러니 지금 이 순간은 다른 누구도 아닌 마운드 위에서 공을 던지는 나를 응원할 거다.

이런 걸 모를 애덤 코든이 아니다.

차라리 삼진을 당하고 물러나는 게 훨씬 마음 편안한 애덤 코든이었다.

부웅!

"스윙! 타자 아웃!"

헛스윙을 하고 물러나면서도 딱히 분한 표정이 아닌 애덤 코든과 목이 터져라 환호성을 내지르고 싶은 걸 억지로 참는 관중들의 모습이 참 재밌게 보였다.

고요함 속에 움직이는 이들이라고는 삼진을 하나 잡을 때마다 정성껏 잔디 위에 플라스틱 판넬을 세우는 이들 뿐이었다.

어느덧 12개.

신인 데뷔전 탈삼진 기록은 이규환 타석에서부터 깼다.

이제는 타자를 삼진으로 돌려세울 때마다 기록이 경신된다.

기록이라는 건 결국 깨지기 위해 생겨나는 것이기에 탈삼진 개수에는 욕심을 부리지 않았다.

중요한 건 퍼펙트다.

퍼펙트라는 기록은 깨지지 않는 불멸의 기록이다.

누군가 또다시 퍼펙트를 한다 하더라도 타이기록으로 남을 뿐, 기억에서 지워지지 않고 영원히 빛난다.

8회 마지막 언덕이 타석에 들어섰다.

애덤 코든이 스스로 맥없이 물러났다면 유경석은 정반대다.

반드시 퍼펙트 기록을 깨트리고 말겠다는 의지를 불태우고 있었다.

짧게 잡은 배트와 잔뜩 웅크린 자세는 공을 최대한 끝까지 보고 타격에 임하겠다는 뜻이었다.

지금까지 몇 개의 공을 던졌는지 기억도 나지 않았다.

대략 90개 정도는 된 것 같은데, 정확하게는 모르겠다.

손바닥 위에서 로진백을 툭툭 던지고는 바닥에 내려놨다.

백색 가루가 손 전체에 묻어났다.

가볍게 바람을 불어 일부를 털어내곤 야구공을 쥐었다.

손에 착 감기는 느낌이 좋았다.

유경석을 상대로 1구는 포심 패스트볼로 무릎을 지나쳐

들어가는 낮은 쪽 스트라이크를 던졌다.

대부분의 타자들은 낮은 볼을 제대로 칠 수 없다.

특이하게도 낮은 볼을 잘 치는 타자들도 있지만, 대다수 낮은 볼은 제대로 된 타격이 어렵다.

배트 중심에 정확하게 맞추기가 쉽지 않기 때문이다.

그렇기에 눈 뜨고 삼진을 당할 처지가 아니고서야 괜히 낮은 볼을 건드려 땅볼이나 뜬공으로 범타 처리되려고 하질 않는다.

1스트라이크 상태에서 황대훈 선배는 타자의 눈에 쏙 들어오는 높은 볼을 요구했다.

낮게 깔리는 공 다음에 높은 공은 자연스러운 투구 패턴이지만, 제구가 제대로 이뤄지지 않으면 가장 위험한 공이 바로 어중간한 높이의 공이다.

힘이 없는 타자라도 단번에 펜스를 넘겨 버릴 수 있기 때문이다.

퍼엉!

배트가 나오다 멈췄다.

황대훈 선배가 재빨리 1루심을 바라봤다.

1루심은 고민 없이 양팔을 옆으로 벌렸다.

배트가 완전히 돌아 나오지 않았다는 뜻이고, 그건 곧 스윙으로 인정하지 않는다는 뜻이다.

유경석은 당연하다는 듯 타석에서 벗어나 세 차례 배트를 허공에 휘둘렀다.

그도 잘 안다.

자신이 여기서 아웃당하면 9회 7, 8, 9번 타자들이 살아나갈 확률이 그리 많지 않다는 사실을. 그렇기에 유경석은 어떻게든 자신의 힘으로 퍼펙트게임을 막고 싶을 거다.

1스트라이크 1볼 상황에서 황대훈 선배와 내가 선택한 공은 오늘 효자 역할을 톡톡히 해준 바깥쪽 컷 패스트볼이었다.

오늘 경기에서 상당히 많이 던졌기에 관중들 입장에서는 또 바깥쪽 컷 패스트볼인가 싶지만, 타자 한 명당 2~3개 이상 던지지 않았기에 선수 입장에서는 여전히 까다로운 공일 것이다.

퍼엉!

"스트라이크!"

유경석이 아랫입술을 잘근 깨무는 모습이 보였다.

이제 카운트가 불리해졌다.

아마 오늘 경기가 끝나면 모두가 놀랄 거다.

스트라이크 비율이 극단적으로 높기 때문이다.

그만큼 공격적인 투구 스타일이었다.

하지만 단순히 스트라이크를 쑤셔 넣는 게 아니라 스트라이크를 자유자재로 가지고 노는 스타일이라는 걸 깨달으면 경악을 하겠지.

매 게임 이런 말도 안 되는 제구력과 구위를 선보일 순 없다.

오늘은 최상의 컨디션이고, 소위 투수들에게 1년에 몇 번 없다는 제대로 긁히는 날이기에 가능한 일이다.

중요한 건 최상의 컨디션과 긁히는 날이라 하더라도 이 정도의 피칭을 보인다는 게 아무나 할 수 없다는 것뿐이다.

간단하게 말해서 스펙이 따라주기에 가능한 일이다.

2스트라이크 1볼 상황.

무엇을 던질 것인가?

황대훈 선배는 바깥쪽 높은 스트라이크 존을 공 하나 정도 빼는 포심 패스트볼을 요구했다.

궁지에 몰린 타자의 눈에 들어오는 높은 볼에 바깥쪽 코스는 확실히 유인구로서 훌륭하다.

사인 그대로 포수 미트가 머문 자리를 향해 힘껏 던졌다.

틱!

배트를 끌어내는 건 성공했지만, 아쉽게도 끝에 살짝 걸리며 파울이 되고 말았다.

5구로 선택한 구종은 파워 커브. 홈플레이트 앞에서 원만하게 휘어지는 공을 유경석은 이번에도 커트해 냈다.

8회를 막 시작했을 때와 지금은 또다시 악력에서 차이가 났다.

1회, 2회 초만 하더라도 파워 커브의 각이 지금보다 훨씬 더 많이 휘어졌었다.

악력과 손목 힘이 빠졌다는 게 방금 공으로 증명이 됐다.

6구는 몸 쪽을 찌르는 포심 패스트볼이었지만, 릴리스 포인트가 살짝 아래로 떨어지면서 제구가 흔들렸다.

"볼!"

포수가 던져 주는 공을 받아들고 다시 로진백을 만지며 호흡을 가다듬었다.

턱 선을 타고 흘러내리는 땀방울을 글러브로 훔쳐 내고는 피처 플레이트를 밟고 섰다.

7구로 다시 한 번 파워 커브를 던졌는데, 조금 전 휘어지던 각이 너무 적었다는 생각이 머릿속에 남아 있었기 때문인지 생각보다 너무 아래로 떨어지며 바운드 되고 말았다.

2스트라이크 3볼.

풀카운트까지 왔다.

다시 한 번 한가운데 온 힘을 다한 포심 패스트볼?

그럴 수 없다.

힘이 너무 떨어졌고, 무엇보다 제구가 완전히 어긋나 버리면 그대로 포볼이 된다.

퍼펙트가 깨질 수도 있다는 심리적 불안감을 갖고 공을 던질 순 없다.

유도해야 한다.

어떻게든 땅볼이든 뜬공을 유도해야 하는데, 그러기 위해선 한 가지 구종밖에 없다.

컷 패스트볼이다.

포심 패스트볼, 파워 커브, 컷 패스트볼.

고작 한 경기뿐인데, 3가지 구종만으로는 힘들다는 느낌을 지울 수가 없다.

하루라도 빨리 체인지업과 투심 패스트볼을 가다듬어야 할 이유와 의욕이 샘솟았다.

오늘 경기에서 처음으로 황대훈 선배에게 사인을 보냈다.

컷 패스트볼을 던지겠다는 사인을 보냈고, 포수 마스크가 위아래로 작게 움직였다.

볼은 안 된다.

무조건 스트라이크 존에 넣어야 한다.

유경석의 배트가 움직이지 않아도 아웃 처리가 될 수 있는 공.

그러면서도 땅볼을 유도할 수 있는 코스.

몸 쪽이 가장 효과적이다.

쇄애애액.

'아!'

손끝에 채인 공이 생각보다 훨씬 더 깊게 느껴졌다.

위험하다.

머릿속에 경고등이 요란하게 울렸다.

홈플레이트를 향해 빠르게 날아가는 공을 향해 유경석의 배트가 움직였다.

짐작했겠지.

퍼펙트게임 중인 투수가 풀카운트 접전에서 볼을 던진다?

쉽지 않은 결정이다.

무리를 해서라도 차라리 스트라이크 존 외곽을 꽉 채우는 공이 낫다.

더욱이 나처럼 제구력이 좋은 투수라면 선택의 여지가 없다.

오랜 경험으로 유경석은 모든 걸 예상했다는 듯 배트를 휘둘렀다.

부—웅!

컷 패스트볼의 각이 지금까지와 다르게 훨씬 더 꺾여 들어갔다.

배트를 아슬아슬하게 피해서 유경석의 몸 쪽으로 확 꺾여 들어갔다.

컷 패스트볼이라고 말하기 어려운 구종이 되어버렸다.

슬라이더? 굳이 맞는 구종을 끼워 넣자면 고속 슬라이더라 부를 수 있을 것 같았다.

문제는 컷 패스트볼에서 고속 슬라이더로 변한 공이 유경석의 배트를 피하고, 덤으로 황대훈 선배의 포수 미트까지도 피해서 뒤로 빠졌다는 사실이다.

"낫아웃! 뛰어!"

대구 블루윙즈 더그아웃에서 누군가 큰 소리로 외쳤다.

유경석은 뒤도 돌아보지 않고 1루를 향해서 내달렸다.

황대훈 선배가 마스크를 집어 던지며 공을 줍기 위해 몸을 돌렸다.

유경석이 절반쯤 달려왔을 때, 황대훈 선배가 공을 집어 들었다.

벌겋게 달아오른 얼굴로 이를 악물고 1루수 장태훈 선배를 향해 있는 힘껏 송구를 하는 황대훈 선배의 표정이 안쓰럽게까지 느껴졌다.

펑!

유경석이 베이스를 밟고, 장태훈 선배의 글러브에 공이 들어오는 게 동시에 이뤄졌다.

아니, 그렇게 보였다.

모든 선수, 관중의 시선이 1루심에게 집중됐다.

1루심은 굳은 표정으로 마른침을 꿀꺽 삼켰다.

머릿속에 둥둥 떠다니는 한 단어.

퍼펙트.

"아, 아웃!"

1루심의 판정에 대구 블루윙즈의 박태인 감독이 성난 들소처럼 달려 나왔다.

비디오 판독을 요청했고, 심판들이 한자리에 모였다.

"미안하다."

황대훈 선배가 나에게 죽을죄를 지은 사람처럼 말했다.

"아닙니다. 제가 잘못 던졌습니다."

컷 패스트볼이었다면 황대훈 선배가 놓칠 일이 없었을 거다.

물론 그 전에 유경석의 배트에 맞아 어떤 식으로든 결과가 났을 테고, 황대훈 선배는 이 문제에 있어서 완전하게 논외 대상이 되어버린다.

그런데 컷 패스트볼이 고속 슬라이더처럼 변해 버렸고, 타자의 헛스윙과 맞물려 몸 쪽으로 깊이 파고들어 포수로서도 어떻게 할 수 없는 상황이 되고 말았다.

내 말에 황대훈 선배는 아무런 말도 하지 않고 심판진만 간절한 얼굴로 바라봤다.

아웃이냐, 세이프냐.

이 판정에 모든 것이 달려 있다.

시간은 오래 걸렸다.

그럼에도 불구하고 선수들과 관중들 모두 지루하다는 표정 따위 없었다.

보통 비디오 판독을 할 때보다 훨씬 오랜 시간이 걸렸고, 판정이 나왔다.

"세이프."

1루에 뿌리를 내린 것처럼 서 있던 유경석이 양손을 번쩍 들며 환호했다.

대구 블루윙즈 더그아웃과 3루 쪽 원정팬들도 소리를 지르며 기뻐했다.

반면, 대전 호크스 더그아웃은 깊게 한숨을 내쉬며 고개를 흔들었고, 관중석의 팬들이 심판의 판정에 야유를 내지르며 항의를 했다.

하지만 비디오 판독까지 마친 이상 오심이 나올 수가 없었다.

결과에 승복을 해야만 한다.

"…미안하다."

황대훈 선배는 곧 죽을 사람처럼 날 향해 작은 목소리로 말했다.

"제 잘못이라고 말씀드렸잖습니까? 퍼펙트는 깨졌지만 노히트가 남았으니 잘 부탁드리겠습니다."

모자를 벗어 살짝 고개를 숙이자 황대훈 선배가 고개를 끄덕였다.

"그래, 내가 어떻게든 노히트만큼은 지킬 수 있도록 온몸을 다해서 네 공을 받아줄 테니 마음껏 던져라."

퍼펙트는 깨졌지만 노히트가 남았다.

그리고 경기는 아직 끝나지 않았다.

따악!

높이 뜬 공.

중견수 김추곤 선배가 양팔을 좌우로 휘저으며 자신의 볼이라고 소리쳤다.

공은 그대로 천천히 떨어지며 글러브 속으로 안정적으로 들어갔다.

—우와아아아아아아아!

하늘과 땅을 흔들어 놓을 것 같은 함성이 울려 퍼졌다.

내외야 수비수들과 더그아웃에서 달려 나올 준비를 마친

모든 선수, 코치들이 마운드를 향해 달려들었다.

백유홍 감독은 쉬지 않고 박수를 쳐주었다.

고졸 신인 선수의 선발 등판 개막 데뷔전.

노히트노런 달성.

강렬한 데뷔전이 그렇게 끝이 났다.

Chapter 3

《슈퍼 신인 차지혁! 한국 프로 야구 역대 최고의 데뷔전 노 히트노런(No hit no run) 장식!》

어제, 2026년 4월 11일 국내 프로 야구가 개막했다.

10개 구단이 총 135게임으로 이루어진 장기 페넌트 레이스의 첫 시작을 알리는 개막전에서 대전 호크스는 작년 시즌 2위의 강팀 대구 블루윙즈를 상대로 2025년 후반기를 떠들썩하게 만들었던 슈퍼 고졸 신인 차지혁을 선발로 내세웠다.

고졸 신인이 개막전 선발로 등판하는 건 무려 32년 만의 일. 수많은 사람의 불신과 걱정을 뒤로하고 개막전 선발로 당당하게 마운드에 오른 차지혁은 1회 초 대구 블루윙즈의 1번 타자 최태수를 상대로 초구부터 자신이 어째서 개막전 선발투수인지를 확실하게 보여줬다.

개막전 초구로 던진 포심 패스트볼의 구속이 무려 162km를 기록한 것.

경기 시작과 동시에 차지혁 선수가 던진 이 강력한 포심 패스트볼은 국내 투수 중 가장 빠른 공으로 기록되었고, 경기가 시작되기 전까지 고졸 신인 투수의 개막전 선발을 탐탁지 않게 지켜보던 모든 이들에게 자신의 클래스가 어떤 것인지를 확실하게 알려주는 선전포고였다.

국내 최고의 강속구를 자랑하며 시작된 차지혁의 이날 투구는 한국 프로 야구 역사에 길이 남을 엄청난 대기록의 첫 걸음이었다.

국내 프로 야구 10개 구단 중 세 손가락에 꼽히는 강팀 대구 블루윙즈를 상대로 차지혁은 8회 2아웃 상황까지 세상 모든 투수들이 꿈을 꾼다는 퍼펙트게임(Perfect game)을 이어갔다.

국내 프로 야구 사상 단 한 번도 없었던 퍼펙트게임을 고졸 신인 투수가 개막전 선발로 등판해서 8회 2아웃 상황까지 이어나간 것이다. 정말 믿어지지 않는 일이었다. 퍼펙트까지 남은 아웃 카운트는 4개. 당시 경기를 관람하던 1만 5천 명의 관중은 숨소리조차 멎은 상태로 차지혁의 투구를 지켜봤다.

퍼펙트게임은 하늘이 내려준 축복이라는 말이 괜히 나온 말이 아니었다. 8회 2아웃 상황에서 타석에 들어선 6번 타자는 대구 블루윙즈가 사랑하는 프랜차이즈 스타 유경석. 극도로 짧게 쥔 배트로 타석에 들어선 유경석을 상대로 차지혁은 8구까지 가는 접전 끝에 삼진을 잡아냈지만, 여기서 모두가 탄식할 만한 상황이 벌어졌다.

차지혁이 던진 컷 패스트볼이 의도치 않게 고속 슬라이더처럼 변해 버리는 바람에 8이닝까지 든든하게 공을 잡아주던 황대훈의 포수 미트를 피해 뒤로 빠져 버린 것이다. 헛스윙 삼진 낫아웃 상황이 벌어지자 유경석은 1루를 향해 전력으로 달렸고, 뒤늦게 황대훈이 1루로 송구를 했지만, 비디오 판독까지 간 결과 세이프 판정이 나며 퍼펙트게임이 끝나고 말았다.

퍼펙트게임이 끝난 상황에서도 차지혁은 조금도 흔들림 없이 담담하게 공을 던져 7번 타자 문재설을 다시 한 번 삼진으로 잡아내며 한 이닝 4개의 삼진이라는 보기 드문 기록을 달성하기도 했다.

이후 9이닝까지 훌륭하게 마무리를 한 차지혁은 퍼펙트게임 대신 노히트노런을 달성하며 역사에 남을 경이적인 신인 투수 데뷔전을 마쳤다.

본 기자가 직접 관람한 이날의 경기는 평생 잊을 수 없는 최고의 경기 중 하나였다. 특히 이날 있었던 최고의 승부처는 8회 초, 대구 블루윙즈의 4번 타자 이규환과의 승부였다.

국내 최고의 타자 중 한 명인 이규환은 4번 타자라는 자존심까지 버려가며 배트를 짧게 쥐고 어떻게든 차지혁의 퍼펙트게임을 깨겠다는 강력한 의지를 드러냈다. 그리고 이규환을 상대로 차지혁은 7구까지 가는 접전을 펼쳤는데, 이 승부의 마지막 결정구로 삼은 구종과 코스가 놀라웠다.

한가운데 포심 패스트볼.

고졸 신인 투수가 8회까지 퍼펙트게임을 이어나가고 있는 상황에서 4번 타자를 상대로 한가운데 포심 패스트볼을 결정구로 삼는다는 건 들은 적도, 본 적도 없는 대단한 투구였다.

하지만 놀라기엔 아직 부족했다. 마지막 결정구로 던진 공의 구속이 또 한 번 162km를 기록했기 때문이다. 이미 80개가 넘는 투구수를 기록하고 있던 선발투수가 이렇게 빠른 강속구를 던질 거라고는 누구도 생각하지 못할 일이었다.

이날 경기 초구에 기록했던 162km의 공과 이미 80개가 넘는 투구수를 기록하고 있는 상황에서 던진 162km의 공은 같은 구속이라 하더라도 비교할 수가 없는 공이다. 세계 최대 프로 리그인 메이저리그의 에이스급 투수들이라 하더라도 보기 쉬운 일이 아니기 때문이다.

이날 한 경기만으로 단정 지을 순 없지만, 많은 메이저리그 스카우트들이 최대 약점으로 꼽았던 이닝 소화 능력과 체력적

인 문제가 과연 차지혁의 약점이 될 수 있을까 하는 의문을 해
볼 만하다.

혹자들은 말한다. 메이저리그 DNA라는 것이 있어야만 메이
저리그에서 성공할 수 있다고. 차지혁에게는 분명 메이저리그
DNA가 존재했다. 향후 몇 년 후엔 메이저리그 마운드 위에서
퍼펙트게임을 달성할 차지혁의 모습을 보게 될지도 모른다.

▼ 차지혁 선수가 이날 세운 기록들.

고졸 신인 투수 개막전 선발 데뷔 노히트노런 달성.

신인 투수 데뷔전 9이닝 최다 탈삼진(15개).

한 이닝 4개의 탈삼진.

국내 투수 최고 구속(162㎞) 기록.

▼ 차지혁 선수 경기 기록.

IP(이닝) : 9.

H(피안타) : 0.

R(실점) : 0.

ER(자책점) : 0.

HR(피홈런) : 0.

BB(볼넷) : 0.

HB(사구) : 0.

SO(삼진) : 15.

TBP(상대한 타자수) : 28.

NP(총 투구수) : 112.

◎ CBC 인터넷 스포츠 차동호 기자

작성일 : 2026년 4월 12일 일요일.

—나 이날 경기 TV로 봤는데, 정말 지리는 줄 알았음.
차지혁은 확실히 국내 클래스가 아님. 국내 리그에서 학살
하고 다닐 놈임. 처음부터 그냥 믈브로 직행했어야 했음.
왜 국내 남아서 불쌍한 애들 괴롭히려고 하는지.

ㄴ야구에서도 양민학살자가 나올 줄이야. ㅎㄷㄷ!

ㄴ야구판 호날두네 ㅋㅋㅋ

—고졸 신인 퍼펙트게임이었음 진짜 절대 깨지지 않을
불멸의 기록으로 남았을 텐데!

ㄴ황대훈 이 새끼는 X잡고 존나 반성해야함.

ㄴ그걸로 부족하죠. 차지혁만 보면 삼보일배는 기본으
로 깔고 가야 함.

ㄴ차지혁 인터뷰 못 봤나요? 차지혁 스스로 컨트롤이
어긋나서 포수가 잡을 수가 없는 공이었다고 했어요. 황대
훈 너무 까지 말아요.

ㄴ백번 양보해서 차지혁이 컨트롤 미스났다 하더라도 베테랑 포수라면 그 정도는 잡아줘야 하지 않을까? 평범한 경기도 아니고 퍼펙트가 눈앞에 있었는데 말이야.

ㄴ격하게 공감! 공이 두 개로 분리된다 하더라도 어떻게든 막았어야 한다고 생각!

ㄴ황대훈 죽을 때까지 까이겠네. 좀 불쌍하다. ㅋㅋ

—어제 친구놈이랑 경기장 갔다가 경기 끝나고 밤새도록 술 마셨음! 우리 대전 호크스에 이런 엄청난 에이스가 들어올 줄이야! 유혁선의 재림임!

ㄴ유혁선이 대단한 건 사실이지만, 전체적인 능력칠 봤을 때는 차지혁이 한 단계 위라고 봅니다.

ㄴ고작 한 경기로 너무 성급한 거 아님? 유혁선 재림이라는 소리만 들어도 차지혁에게는 영광일 거임.

ㄴ지랄 작작하쇼. 구속, 구위, 제구력 모두 차지혁이 훨씬 윗줄이다. 100마일 못 봤냐? 유혁선 팔 빠지게 던져도 96마일도 못 던져 봤는데, 100마일하고 어따 비교를 하는 건지. 유혁선 진짜 인정하는 부분이 제구력하고 강철멘탈인데, 이것도 차지혁이 윗줄이라 생각한다. 제구력이야 말할 것도 없고, 어제 8회 이규환 상대로 한복판 던지는 거 보면 진짜 차지혁 정신은 강철이 아니라 다이아멘탈이다. 결과적으로 차지혁〉〉〉〉〉〉〉유혁선. 클래스 자체가 다르다!

ㄴ제발 설레발 좀 떨지 마라. 이번 시즌 신인왕 MVP 먹으면 그때 다시 말해라.

ㄴ야구 좆도 모르는 새끼가 타이틀 드립하고 있네. 내가 말하는 건 기본 스펙이 틀리다는 거잖아. BA 20—80스케일 평가 점수 찾아보고 댓글 싸질러라! ㅂㅅ아!

ㄴ전문가 코스프레 작작하고 타이틀부터 따면 그때 다시 말해. 이 ㄱㅅㄲ야!

—어제 유경석 뛰는 거 본 사람? ㅆㅂㄴ 죽기 살기로 뛰는데 달려가서 발 걸고 싶더라.

ㄴ뛰는 동안 넘어지라고 기도했음. ㅠㅠ

ㄴ그렇게 발바닥에 불난 것처럼 뛸 거면 처음부터 육상 선수를 할 것이지 왜 야구를 해서는 불멸의 기록을 가로막았는지. 어제 세이프 되는 거 보면서 진짜 짜증 나서 욕이 절로 나왔지.

ㄴ염병할 낫아웃! 이 ㅂㅅ같은 룰은 왜 있는 건지 이해를 못 하겠다는!

ㄴ낫아웃 좀 삭제하자! 기록으로도 엄연히 삼진으로 기록되는데 왜 출루를 하는 거야! 진짜 거지같은 룰!

—앞으로 차지혁 선발 나오는 경기는 무조건 치맥부터 시켜놓고 본다.

ㄴ차지혁 선발 나오는 날 치킨집 바쁘겠네. ㅋㅋ

―차지혁 선발 경기. 흠, 잘 보긴 했는데 글쎄? 앞으로는 쉽지 않을 거라고 생각합니다. 원래 야구는 투수가 유리한 스포츠고 차지혁처럼 완전 생짜가 등판하면 타자들은 불리한 싸움을 해야만 합니다. 신인 투수들 반짝하다가 사라지는 이유가 바로 여기에 있습니다. 올 시즌 전반기는 두고 봐야 진짜 클래스가 다른 투수인지, 그냥 스펙 좀 뛰어난 투수인지 알 수 있습니다.

ㄴ여기 또 전문가 한 분 오셨네. 방구석에서 이러지 말고 취직부터 하시죠?

ㄴ불났는데 그게 꺼질까, 번질까 두고 봐야 아는 건가? 스펙이 곧 클래스라는 걸 모르네. 차지혁 올해 신인상은 예약 걸어 뒀고, MVP는 대전 호크스 타자들이 얼마나 잘해주느냐에 따라 달라지겠지만 유력한 후보인 건 분명한 사실.

"하하하하! 역시 차지혁 선수는 해낼 줄 알았습니다!"

황병익 대표의 얼굴이 밝다.

그럴 수밖에 없는 게, 메이저리그는 물론 일본에서도 내 자료를 요구하는 요청이 엄청나게 쇄도했기 때문이다.

이적 협상의 첫 번째 단계라 보면 된다.

바이아웃 금액이 350억이니 메이저리그 구단이라면 그

렇게 부담스러운 액수가 되지 않는다. 다시 말하면 너도나도 찔러볼 수 있는 돈이란 뜻이고, 자연히 경쟁자가 늘어나면 당연히 황병익 대표로서는 유리한 협상을 이끌어 낼 수 있으니 그만큼 좋은 계약 조건을 성사시키면서 많은 수수료를 챙길 수 있었다.

"한 경기 했을 뿐입니다."

아버지의 말에 나 역시 옆에서 고개를 끄덕였다.

고작 한 경기했을 뿐이다.

기록적인 프로 데뷔전을 만들긴 했지만 한 경기일 뿐이다.

앞으로 남은 경기들을 생각하면 마냥 좋아하고만 있을 수 없었다.

무엇보다 프로 경기를 통해 부족한 점이 너무 많다는 걸 깨달았다.

첫 번째로 단조로운 구종이 약점으로 드러났다.

포심 패스트볼, 파워 커브, 컷 패스트볼로는 부족하다는 느낌을 확실하게 받았다.

데뷔전은 말 그대로 최상의 컨디션이었기에 노히트를 기록할 수 있었던 것일 뿐, 평소의 컨디션이었다면 절대 가능하지 못했을 일이다.

최소한 타자의 타이밍을 뺏을 수 있는 체인지업이라도

먼저 다듬어야만 했다.

두 번째로 제구력을 더욱 가다듬어야 한다.

데뷔전에서는 최상의 컨디션으로 인해 손가락 끝에서 제대로 공이 긁혀 평소보다 정교하게 투구를 할 수 있었다. 그런 날은 절대 흔하지 않다.

칼날 같은 제구력을 갖춰야 진짜 언제든 내가 원하는 곳에 공을 던질 수 있다.

세 번째로 체력이 부족했다.

확실히 70구가 넘어가면서부터 힘이 빠졌다.

체력을 더 기르지 않으면 선발투수로서의 가치가 하락할 수밖에 없다.

마지막으로 타자와의 수 싸움이 미숙했다.

데뷔전에서는 말 그대로 구위로 타자를 상대했을 뿐, 허를 찌르는 영리한 투구와는 거리가 멀었다.

물론 신인 투수로서 팀 베테랑 포수의 리드를 따르는 건 당연하지만 더 좋은 투수가 되기 위해서는 타자와의 심리 대결에서도 확실하게 우위를 점해야 한다는 걸 깨달았다.

반대로 말하면 그동안 너무 구위로만 타자를 상대했다는 단점이 언제고 내 발목을 단단하게 붙잡고 늘어질 것 같다는 불안한 예감이 들었다.

힘이 펄펄 나는 젊은 시절에야 지금이 구위를 유지할 수 있겠지만, 나이가 들면 구위는 자연스럽게 떨어질 수밖에 없어진다. 그때 가서 타자와의 수 싸움을 해봐야 이미 늦은 상황이라 좋은 성적을 유지하기가 힘들어진다.

좋은 성적을 유지하기 위해서도, 조금 더 쉽게 투구를 하기 위해서라도 지금부터 미리미리 대비해야만 했다.

"참 한결같으십니다."

황병익 대표의 말에 아버지는 별다른 말을 하지 않았다.

"그리고 광고 계약이 들어올 것 같습니다. 아직 정식으로 의뢰가 들어오진 않았지만, 차지혁 선수가 프로에서도 확실하게 통한다는 생각이 확고부동해졌는지 미리 CF 계약을 선점해 두려는 기업들이 생겨나고 있습니다. 더불어 대다수의 방송사와 스포츠 신문, 잡지사에서도 밀착 취재를 요구하고 있습니다. 어떻게 하시겠습니까?"

아버지는 나에게 시선을 돌리며 결정권을 넘겼다.

이런 부분에 있어서는 되도록 간섭을 하지 않으려는 아버지였다.

"광고는 굳이 서두를 필요가 없다고 생각합니다. 그리고 취재는… 여러 가지로 방해가 되지 않는 선에서는 하도록 하겠습니다."

"알겠습니다. 사실 광고 단가가 아직 제대로 형성되지 않았기에 당장 하는 건 저도 좋지 않다고 생각합니다. 취재는

협의를 해서 훈련이나 게임에 방해가 되지 않는 수준으로 맞춰보겠습니다. 그리고 여기다 사인 좀 해주십시오."

황병익 대표가 내미는 깨끗한 야구공을 바라보니 그가 빙긋 웃었다.

"생각해 보니 차지혁 선수의 사인볼 하나도 없더군요. 하나 정도는 저도 집에 장식해 둬야겠다는 생각이 들었습니다."

말을 하며 황병익 대표는 거실 한편을 바라봤다.

통유리로 만들어진 제법 고급스러운 실내 장식장에는 몇 개의 공과 트로피 등이 잘 정리되어 있었다.

야구를 시작하면서부터 하나둘 아버지가 소중히 모아놓고 있는 것들이었다. 특히 공들은 하나같이 개별 유리 케이스에 잘 담겨져 있었다.

첫 승리 기념구, 퍼펙트게임구, 노히트노런구까지…….

매일같이 트로피와 공이 담겨 있는 유리 케이스를 꺼내 깨끗하게 닦는 것이 아버지의 일상이었다.

그중 특히 조금 더 고급스러운 케이스에 담겨 있는 야구 공이 하나 있었다.

프로 데뷔전에서 마지막 아웃 카운트를 잡았던 공이다.

2026년 4월 11일 프로 데뷔 개막전 노히트노런 달성.

생에 두 번 다시 가질 수 없는 아주 소중한 기념구다.

*　　　*　　　*

"에바!"

강의실을 나오던 금발머리의 늘씬한 여자가 자신을 부른 사람을 돌아봤다.

한국에서 유일하게 사귄 단짝 친구 정혜영이 예쁘게 웃고 있었다.

"강의 끝난 거야?"

정혜영의 물음에 에바가 고개를 끄덕였다.

"응. 그런데 제출해야 할 리포트가 너무 많아서 걱정이야."

한숨을 푹 내쉬며 시무룩하게 대답하는 에바의 모습에 정혜영이 그 심정 이해한다는 듯 맞장구를 쳤다.

"나도 그래. 4과목이나 중간고사를 리포트로 대체해야 하거든."

"시험을 리포트로 대체하는 건 정말 힘든 일이야."

"그러니까. 그냥 시험을 보는 게 편한데."

정혜영이 시무룩하게 대답하자 에바가 그 마음 이해한다

는 듯 빙긋 웃고는 말했다.

"그런데 여기까지는 무슨 일로 찾아온 거야? 너도 꽤 바쁜 것 같은데?"

에바의 물음에 정혜영이 곁으로 다가서며 팔짱을 꼈다.

"실은 내가 정말 가고 싶은 곳이 있는데, 에바랑 같이 갔으면 해서."

"가고 싶은 곳?"

에바의 눈동자에 호기심과 궁금증이 떠올랐다.

"오늘 시간 괜찮지?"

난감하다는 듯 대답을 하던 에바는 자신을 빤히 바라보는 정혜영의 모습에 한숨을 푹 내쉬었다.

"리포트를 해야 하는데… 혜영이, 네가 그렇게 간절한 눈으로 바라보니 어쩔 수 없잖아?"

"아싸! 그럼 가자!"

팔을 잡아끄는 정혜영의 행동에 에바는 힘없이 끌려갈 수밖에 없었다.

"어딜 가는 건데?"

에바의 물음에 정혜영이 가보면 안다며 대답을 피했다.

에바와 정혜영이 정문으로 향하는 동안 수많은 학생들이 두 여자에게서 눈을 떼지 못했다.

올해 갓 입학한 신입생 정혜영과 1년 전, 미국 교환 학생으로 한국에 온 에바는 이미 학교 내에서 유명했다.

2026년 한국대학교 수석 입학생 정혜영은 고등학교 시절부터 유명했다.

전국 등수 1, 2등을 차지할 정도로 뛰어난 학업 성적에 웬만한 연예인보다 예쁜 얼굴과 몸매로 인해 그녀의 고향은 물론, 전국적으로까지 널리 알려져 있었다.

에바는 미국 교환 학생으로 정혜영보다 1년 먼저 한국대학교를 다녔다.

그녀가 미국 명문대인 컬럼비아 대학생이라는 사실도 유명했지만, 그보다 더 유명한 건 바로 압도적인 미모였다.

눈부신 금발 머리에 173㎝의 늘씬한 키와 굴곡진 몸매를 한 번이라도 본 남자들은 누구든 넋을 잃을 정도로 황홀했다.

"저런 여자들이랑 사귀는 놈은 누굴까?"

한 남학생의 푸념에 곁에 있던 친구가 작게 대답했다.

"전생에 나라를 세 번쯤은 구한 놈이겠지."

국내 최고의 대학이라는 한국대학교에 다니는 수재들의 대화치고는 상당히 유치했다.

수많은 남자의 시선에도 불구하고 정혜영과 에바는 아무렇지도 않다는 듯 남들의 시선을 유유히 받아넘기며 교정을 빠져나갔다.

정혜영의 손에 이끌려 지하철을 탈 때까지만 하더라도 이러고 있을 시간이 없다며 속으로 한숨을 쉬고 있던 에바는 막상 도착한 장소가 야구장이라는 사실에 환하게 미소까지 지으며 즐거워했다.

"야구 좋아했어?"

에바의 물음에 정혜영이 고개를 끄덕였다.

"응! 어렸을 때부터 아빠가 야구광이라서 항상 보다 보니까 지금은 나도 굉장히 좋아하는 스포츠야."

"그래?"

"에바는 좋아하지 않아? 미국에서는 야구가 가장 인기 있는 스포츠잖아?"

"당연히 좋아하지! 나도 미국에 있을 때 항상 아빠, 엄마랑 야구장에 다녔어. 우리 가족 모두 필리스(Phillies)의 광팬이거든."

"필리스면… 필라델피아 필리스(Philadelphia Phillies)?"

"맞아! 우리 가족은 할아버지 그 이전 때부터 필리스의 팬이야."

정혜영은 에바가 야구를 좋아한다는 말에 활짝 웃었다.

"다행이다! 혹시라도 에바, 네가 야구를 좋아하지 않으면 어쩌나 솔직히 걱정했었거든."

"나도 처음에는 어딜 가나 걱정했었는데 야구장에 오니 정말 기분이 좋아. 오랜만에 스트레스를 풀 수 있는 기회잖아. 헤헤!"

에바의 소녀 같은 웃음소리에 정혜영은 그제야 에바가 20살처럼 보였다.

처음에 에바를 봤을 때만 하더라도 자신보다 3~4살은 나이가 더 많은 언니인 줄 알았었다.

그런데 막상 알고 보니 20살로 동갑이었다. 하지만 더 놀라운 사실은 16살에 미국 최고의 명문 대학 중 하나인 컬럼비아 대학에 입학했다는 점이다.

수재 소리를 항상 들어왔던 정혜영이지만 에바 앞에서만큼은 주눅이 들 수밖에 없었다.

"티켓부터 끊자."

미국에 있을 때는 수시로 야구장에 다녔던 에바였지만, 한국에 와서는 단 한 번도 야구를 관람하지 못했다.

알고 지내는 친구들 중에는 야구를 좋아하는 이들이 없어서 꼼짝없이 야구를 끊고 살아야 했던 에바로서는 단짝처럼 지내는 정혜영이 야구를 좋아한다는 사실에 종종 야구장을 다녀야겠다고 생각했다.

"오늘 경기는 며칠 전부터 티켓이 매진이야."

"뭐?"

에바는 깜짝 놀라서 정혜영을 바라봤다.

한국에서 야구가 가장 인기 있는 프로 스포츠라는 건 알고 있었지만, 며칠 전부터 티켓이 매진이라는 소리에 놀라지 않을 수 없었다.

미국 최고의 스포츠인 메이저리그도 특별한 경기를 제외하고는 며칠 전부터 매진되는 일은 흔하지 않았기 때문이다.

"특별한 이벤트가 벌어지는 경기거나 대단한 라이벌전이야?"

매진이 되는 경기는 그만한 이유가 있다.

에바로서는 당연히 두 경우 중 하나일 거라고 생각했다.

"이벤트는 없어. 그리고 오늘 경기를 치르는 두 팀은 라이벌도 아니야."

"그런데 어떻게 며칠 전부터 티켓이 매진이라는 거야? 혹시 한국에서는 항상 모든 경기가 이렇게 매진인 거야?"

"한국에서 야구가 가장 인기 있는 프로 스포츠인 건 사실이지만, 그런 일은 없어."

정혜영의 말에 에바는 더욱더 의문스러웠다.

"오늘 경기에 대단한 이벤트가 있는 건 아니지만, 어쩌면 굉장한 이벤트가 될 수도 있지."

"그게 무슨 뜻이야?"

"오늘 원정팀 선발투수가 엄청 대단한 투수거든!"

"대단한 투수?"

비하하거나 무시하는 게 아니라, 에바로서는 세계 최고의 프로 리그인 메이저리그를 항상 봐왔기에 한국 프로 야구 선수가 대단해 봐야 얼마나 대단한가 싶은 마음이 들었다.

"보면 알 수 있을 거야. 얼른 가자!"

"티켓을 구할 수 없다면서?"

"미리 예매를 해뒀지!"

정혜영의 준비성에 에바는 만족스럽게 웃으며 그녀와 함께 야구장으로 들어섰다.

야구장 주변의 사람들도 두 여자에게서 시선을 떼지 못했다.

남자들은 하나같이 바보처럼 입을 벌리고 쳐다봤고, 여자들은 각기 다른 표정으로 에바와 정혜영을 바라보고 있었다.

주변 시선에도 아랑곳하지 않고 야구장으로 들어선 에바와 정혜영은 곧바로 3루 뒤쪽 지정 테이블석으로 향했다.

"여기다!"

정혜영이 자리를 확인하고는 에바에게 말했다.

"뭐 먹을래?"

"글쎄? 뭐가 있는데?"

"다 있지!"

"음… 맥주나 먹을까?"

어렸을 때부터 야구장에서 아빠가 맥주를 먹는 모습을 보며 자신도 꼭 나이가 들면 야구장에서 맥주를 먹겠다 다짐을 했던 에바였다.

"에바랑 나는 정말 잘 맞는 거 같다! 나도 야구장에서 맥주를 꼭 먹어보고 싶었거든! 내가 가서 맥주랑 치킨이랑 사올 테니까 조금만 기다려."

"같이 가자."

"아니야, 사람들도 많아서 복잡하니까 내가 혼자 갔다 올게. 선수들 몸 푸는 거 구경하고 있어."

홀로 남은 에바는 경기 시작 전이라 양 팀 선수가 그라운드에 나와 몸을 푸는 모습을 구경했다.

미국에서 메이저리그만 봐왔던 에바에게 한국 프로 야구는 생소했다.

그러다 보니 어떤 선수가 있는지도 몰랐고, 솔직히 딱히 관심도 없었다.

별생각 없이 가만히 한국 선수들의 몸 푸는 모습을 바라보던 에바는 좌우에서 갑작스럽게 큰 소리로 환호하는 관중들로 인해 깜짝 놀라고 말았다.

"우와아아아아!"

"차지혁이다!"

"차지혁 선수!"

한 선수가 그라운드에 모습을 드러내자 쏟아지는 환호성.

에바로서는 생전 경험해 보지 못한 열광적인 환호였다.

남자, 여자 할 것 없이 광적이다 싶을 정도로 소리를 내지르는 통에 귀가 다 먹먹했다.

'차지혁?'

한국말에 굉장히 서툰 에바였지만, 이름 정도는 알아들을 수 있었다.

큰 키에 탄탄한 체격을 가진 앳된 얼굴의 선수였다.

미국 사람들과 다르게 한국 사람들은 나이보다 어려 보이는 얼굴들이 많았기에 얼굴과는 다르게 나이가 좀 있는 선수인가 싶었다.

그라운드에 모습을 드러낸 그 선수는 손에 들고 있던 바구니에 담긴 사인볼을 원정팀 응원석의 관중들에게 던졌다.

다른 어떤 선수도 하지 않는 행동이었다.

"꺄아아악! 차지혁이다! 여기도 주세요! 차지혁 선수! 여기도 주세요!"

에바의 바로 옆에서 누군가 소리를 질러댔는데, 놀랍게도 정혜영이었다.

그녀는 테이블에 맥주와 치킨을 내려놓고는 사인볼을 던져 주는 선수를 향해 호들갑스러울 정도로 소리를 내질렀다.

정혜영과 단짝이 된 지는 고작 2달밖에 되지 않았지만, 한 번도 저런 모습을 보여준 적이 없었기에 에바는 새삼스러운 눈으로 그녀를 바라봤다.

정혜영의 간절한 외침에도 불구하고 사인볼을 던져 준 선수는 바구니가 비어버리자 관중들을 향해 모자를 벗어 인사를 하고는 다시 더그아웃으로 들어가 버렸다.

"히잉! 나도 사인볼 갖고 싶은데……."

아쉽다는 듯 자리에 앉지도 못하고 입을 삐죽거리는 정혜영에게 에바가 물었다.

"방금 사인볼을 나눠준 선수는 엄청 유명한 슈퍼스타인가 봐?"

슈퍼스타가 아니라면 팬들이 저런 열광적인 모습을 보일 수가 없었다.

"에바는 몰라? 차지혁이잖아. 우리 대전 호크스의 자랑스러운 슈퍼 신인 에이스!"

"루키라고?"

에바가 또다시 놀란 눈으로 정혜영을 바라봤다.

루키가 저런 열광적인 환호성을 받는다는 건 미국 메이저리그에서도 보기 드문 일이다.

몇몇 선수가 있기는 하지만 그렇다 하더라도 기본 슈퍼스타들보다는 인지도가 낮았다.

신인 선수라면 올해 첫 시즌이라는 소리다.

한국 프로 야구가 언제 개막했는지 알 순 없지만, 미국보다 빨리 개막했다 하더라도 불과 한 달이 조금 지났을 시점이다.

그 짧은 기간 내에 저런 인지도와 인기를 얻기란 메이저리그 슈퍼 루키라 하더라도 쉽지 않은 일이었다.

"차지혁이 어떤 선수냐면……."

정혜영이 살짝 흥분한 목소리로 차지혁에 대해서 설명했다.

설명을 들으며 에바는 다시 한 번 놀랐다.

신인 투수가 개막전 선발로 데뷔해서 노히트노런을 달성했다는 사실과 이후 2경기에서도 선발로 등판해서 한 경기는 8이닝 무실점, 나머지 한 경기는 완봉승을 거뒀다는 사실이 놀랍기만 했다.

"해외 신인 드래프트 시장에서도 1라운드 지명이 확실했던 차지혁이야. 그런데 국내에 남았고, 우리 대전 호크스의 선수가 됐지!"

자랑스럽게 말을 하는 정혜영이었다.

학교에서 남자들이 말을 걸어도 항상 무시하며 남자를 거들떠도 보지 않는 그녀가 상기된 표정을 하고 있었다.

에바로서는 자연스럽게 차지혁이라는 신인 투수에 대해 관심이 갈 수밖에 없었다.

"그럼 설마, 오늘 저 루키가 선발로 등판하는 거야?"

"당연하지! 그렇지 않으면 주말도 아닌데 이렇게 큰 잠실 구장이 매진되겠어? 내가 오늘 표를 구하려고 얼마나 고생했는지 알아? 아빠한테 부탁하고 인맥을 총동원해서 겨우 구한 티켓이란 말이야. 어떤 사람들은 차지혁 선수 로테이션까지 미리 계산해서 티켓을 구해놓는다고 하던데, 나도 그럴까 생각 중이야."

투수 로테이션이라는 게 항상 일정하게 흘러가는 게 아니다.

일정한 등판 간격이 정해져 있지만 많은 변수가 작용하기 때문에 예상과는 어긋날 경우가 생긴다.

무엇보다 그렇게 일정이 어긋나 버리면 전체적인 로테이션 자체가 뒤죽박죽이 되어버리기에 특정 투수의 로테이션을 미리 계산하고 티켓을 예매해 놓는 건 상당히 위험한 일이었다.

그럼에도 불구하고 정혜영이 미리 티켓을 예매한다고 하
니… 도대체 차지혁이라는 투수가 얼마나 대단한지, 에바
로서는 오늘 경기가 무척이나 기대가 됐다.

*   *   *

―차지혁 선수 정말 대단하다는 말밖에는 할 말이 없습
니다! 현재 타율 1위에 빛나는 강남 맨티스 4번 타자 강태
호 선수와 크로이 러셀 선수까지 연속 삼진을 잡아내며 7회
말, 강남 맨티스의 타선도 철벽처럼 막아냈습니다. 특히 홈
런 12개로 홈런 단독 선두를 빠르게 질주하고 있는 크로이
러셀 선수는 차지혁 선수를 상대로 세 타석 연속 삼진으로
자존심을 완전히 구기고 있습니다.

―솔직히 이제는 무서울 정도네요. 시즌 초, 신인 투수가
타자들에 비해 유리한 건 사실이지만 차지혁 선수는 벌써
4번째 선발 등판입니다. 이 정도면 모든 구단에서 차지혁
선수에 대한 장단점을 모두 파악하고 공략 방법까지 제시
가 되었을 시점입니다. 그럼에도 차지혁 선수는 보란 듯이
타자들을 상대로 압도적인 피칭을 이어나가고 있으니… 앞
으로 이런 상황이 언제까지 이어질지 참 궁금합니다.

―차지혁 선수처럼 구속, 구위, 제구가 모두 뛰어난 투수

를 상대로 공략법이 있겠습니까?

—세상 그 어떤 투수도 완벽할 순 없습니다. 투수는 사람이고, 사람은 기계처럼 언제나 항상 같은 컨디션을 유지할 수 없기 때문이죠. 결과적으로 현 시점에서 차지혁 선수를 공략할 수 있는 가장 좋은 방법은 컨디션이 좋지 않을 때를 노리고 집중적으로 타격에 임하는 수밖에 없습니다.

—주호길 해설위원께서 제시하신 차지혁 선수의 공략법이라는 것이 결국은 차지혁 선수 스스로 흔들릴 때를 노리라는 말씀이시군요? 참 어려운 공략법입니다. 반대로 이야기하면 차지혁 선수가 컨디션이 좋지 않을 때 선발로 등판하지 않으면 영영 공략할 수 있는 방법이 없다는 뜻 아닙니까?

—이야기가 그렇게 되나요? 그거 참 타자들에게는 불행한 말이군요. 하지만 차지혁 선수에게도 분명한 약점이 존재합니다. 약점을 알기 위해선 우선 앞서 있었던 3경기 선발 기록부터 살펴봐야 합니다. 3경기에서 26이닝을 소화하면서 90타석을 상대했고, 무실점을 달성했죠. 총 투구수는 330개, 37개의 탈삼진과 2개의 볼넷, 9개의 피안타를 맞았습니다. 피안타율은 고작 0.1이고, 매 이닝 1.5개의 탈삼진. 즉, 세 명의 타자 중 한 명은 삼진을 잡아낸 위력적인 피칭을 이어나가고 있습니다. 이제부터가 중요합니다.

차지혁 선수의 이닝당 투수구가 12.6개로 한 타자당 평균 4개 정도밖에 공을 던지지 않는다는 점입니다. 국내 투수들 가운데 차지혁 선수만큼 공격적으로 타자를 상대하는 투수가 없습니다. 이 점을 타자들을 잘 생각해 봐야 합니다.

—간단하게 말씀하셔서 차지혁 선수가 던지는 대부분의 공이 스트라이크 존 안에서 놀고 있다는 뜻이군요.

—그렇죠. 차지혁 선수의 제구력이 정교한 점도 있겠지만, 소위 말하는 볼질을 하지 않는 투수로 유인구조차 스트라이크 존 안에서 이뤄지고 있으니 타자들에게는 이 점이 유일한 공략 해법이 될 수도 있습니다.

—차지혁 선수가 던지는 대다수의 공이 스트라이크 존으로 들어오니 그 점을 노리고 타격에 임하라는 말씀이군요.

—맞습니다. 차지혁 선수가 구사하는 구종으로는 포심 패스트볼, 파워 커브, 컷 패스트볼뿐입니다. 어느 하나만 노리고 타석에 서기에 충분하다는 뜻입니다.

—주호길 해설위원께서 지금 현역으로 활동하고 있다면 어느 구종을 노리고 타석에 서겠습니까?

—이런 문제는 간단하게 생각해야 합니다. 현재 차지혁 선수가 던지는 포심 패스트볼과 컷 패스트볼의 구속은 크게 차이가 없습니다. 그렇다면 3가지의 구종 중 2가지가 같

으니 남은 확실한 한 가지를 노려야죠.

　─파워 커브를 말씀하시는 겁니까?

　─그렇죠. 저라면 파워 커브만 노리고 타석에 설 겁니다. 나머지 공들에 대해서는 커트에 집중해야겠죠.

　─하나만 확실하게 노린다는 말씀, 고민해 봐야 할 부분인 것 같습니다.

"정말 저 투수가 신인이라고?"

에바는 자신의 눈을 믿을 수가 없었다.

7이닝 동안 고작 2개의 안타만 맞았고, 무려 11개의 탈삼진을 잡아내고 있었다.

지금까지 보여준 기록도 대단하지만 에바가 믿을 수 없는 건 차지혁의 피칭 스타일이었다.

거의 모든 공이 스트라이크 존의 구석을 노리고 있었다.

간혹 한가운데를 던질 때도 있었는데, 그때는 95~96마일의 강력한 포심 패스트볼로 타자들을 압도했다.

'루키라면 절대 저럴 수 없어!'

어렸을 때부터 메이저리그만 봐온 에바였기에 야구를 보는 눈에 있어서는 결코 수준이 낮질 않았다.

더욱이 가족 모두가 야구를 좋아했고, 아버지의 경우 웬만한 해설자들보다 야구에 대한 지식이 해박해서 덩달아 에바 역시 야구 지식이 상당한 편이었다.

"에바가 보기에도 정말 대단하지?"

정혜영의 눈은 백마 탄 왕자를 본 여자와도 같았다.

"저건 대단한 정도가 아니야. 정말 엄청난 거라고!"

역대급 신인 소리를 들으며 매년 메이저리그에 등장하는 수많은 투수 중에도 차지혁만큼 압도적인 모습을 보인 이는 없었다.

리그 수준을 떠나 신인 투수로서의 배짱 자체가 급이 달랐다.

거기에 한국 프로 리그 수준과는 상관없이 에바의 눈에도 차지혁의 구위와 구속, 제구력은 충분히 메이저리그에서도 통할 것처럼 보였다.

그 결정적인 이유가 스트라이크 존으로 들어오는 공을 대다수의 타자들이 제대로 치지 못하는 것과 친다 하더라도 구위에 밀려 범타 처리가 되고 있다는 점이었다.

"차지혁이 우리 대전 호크스와 계약을 해서 얼마나 행복한지 몰라."

정혜영의 말에 에바는 경기 시작 전, 차지혁이 해외 신인 드래프트 시장에서 1라운드 지명 후보였다는 말이 떠올랐다.

메이저리그에서 1라운드 지명 후보의 선수들은 굉장히

특별한 존재들이다.

단순히 야구를 상당히 잘한다는 수준이 아니라, 전 세계에서 가장 뛰어난 야구 재능을 갖춘 이들로 전 세계를 대상으로 0.01%의 초천재들이라 부를 만했다.

"어째서 메이저리그와 계약하지 않은 거야?"

에바로서는 당연히 물을 수밖에 없는 질문이었다.

자부심, 부와 명예까지 모든 것이 세계 최고인 메이저리그였으니 야구 선수라면 당연히 메이저리그로 향할 수밖에 없다.

더욱이 1라운드 지명 후보라면 이미 성공 가능성도 컸고, 기본적으로 돈 역시 굉장히 많이 벌 기회가 있었다는 뜻이다.

그런 모든 것들을 버리고 한국에 남았으니 에바는 이해가 가질 않았다.

"이런저런 말들이 많기는 한데, 차지혁 선수가 한 말이 난 정말 가슴이 와 닿았어."

"뭐라고 했는데?"

"국내 최고 투수가 세계 최고 투수라는 걸 보여주겠다고 했거든. 멋있지? 나 인터뷰 기사를 보는 순간 온몸에 전기가 흐르는 것처럼 찌릿한 느낌을 받았어. 저런 자신감을 가진 야구 선수를 야구 팬으로서 어떻게 응원하지 않을 수 있겠어? 난 정말 멋있다고 생각해."

정혜영은 살짝 붉어진 얼굴을 하고 있었다.

에바도 같은 생각이 들었다.

현실적으로는 어떤 결과가 나올지 알 수 없는 문제였지만, 어쨌든 저런 자신감에 실력까지 겸비한 선수를 응원하지 않을 수 없다 여겼다.

대전 호크스의 공격이 끝나고 8회 말이 되자 마운드에 차지혁이 다시 올라왔다.

굉장히 공격적인 피칭으로 투구수의 여유도 있었기에 당연한 일이었다.

"차지혁 파이팅!"

대전 호크스의 팬들이 너 나 할 것 없이 마운드에 오른 차지혁에게 환호성과 응원을 보냈다.

정혜영 역시도 학교에서는 볼 수 없는 활기찬 모습으로 열렬하게 응원을 했다.

그렇지 않아도 굉장한 미모를 자랑하는 정혜영과 에바였는데, 열심히 응원까지 하니 자연스럽게 카메라가 두 미녀를 화면에 담아냈다.

경기가 진행되기 전 전광판 옆에 설치되어 있는 대형 화면에 정혜영과 에바의 모습이 나타났다.

남자들은 대형 화면에 아찔할 만큼 아름다운 미녀들이

나타나자 저마다 환호성을 내지르며 즐거운 비명을 내질렀다.

차지혁 역시 포수가 2루로 송구를 하는 바람에 등을 돌렸다가 화면에 나타난 정혜영과 에바의 모습을 볼 수 있었다.

차지혁이 순간적으로 가만히 화면을 응시하자, 정혜영이 돌발적으로 양손을 머리위로 올리며 하트를 만들었다.

누가 봐도 차지혁을 향해 한 행동임을 알 수 있었고, 그걸 본 많은 기자들의 눈동자가 번뜩였다.

국내 리그를 초토화시키고 있는 신인 투수와 연예인보다 더 아름다운 미모의 여성.

누구라도 관심을 가질 만한 스캔들이 될 수 있었다.

"난 몰라!"

정혜영은 충동적으로 했던 자신의 행동에 얼굴을 빨갛게 붉히며 고개를 양손으로 얼굴을 가렸다.

미국이라면 별것도 아니었지만, 한국 사회가 어떤지 지난 1년 동안 겪어본 에바로서는 부끄러워하는 정혜영을 바라보며 빙긋 웃었다.

"팬이 선수를 좋아하는 건 절대 부끄러운 일이 아니야."

에바의 말에 정혜영이 '그렇지?'라며 말을 하고는 다시 차지혁의 이름을 부르며 응원을 했다.

하지만 이전보다 목소리나 행동이 소극적으로 변한 건

어쩔 수 없는 일이었다.

"헛스윙! 타자 아웃!"

주심의 우렁찬 외침과 동시에 마운드에 서 있던 차지혁이 왼손을 하늘로 번쩍 치켜드는 승리의 세레모니를 했다.

2경기 연속 완봉승.

지금까지 4번 선발로 등판해서 4승을 챙겼다.

무엇보다 경이적인 건 4번의 승리 중 3번이 완봉승이고, 그중 또 한 번은 노히트노런이란 사실이다.

나머지 한 경기도 8이닝 무실점 경기로 승리투수가 되었으니 4게임에서 35이닝을 책임진 무시무시한 이닝이터의 이미지를 구축하고 있었다.

불과 4게임뿐이지만, 승률 100퍼센트에 8이닝 이상을 확실하게 책임지는 선발투수.

한국 프로 야구뿐만 아니라 일본, 미국까지 모두 포함시켜도 시즌 초반부터 이런 엄청난 성적을 만들어내고 있는 투수는 오로지 차지혁 한 사람뿐이었다.

대전 호크스의 원정 팬들은 승리의 여운을 느끼기 위함인지 차지혁 선수가 인터뷰하는 모습을 보기 위함인지 경기가 끝났음에도 쉽사리 자리를 떠나지 않았다.

에바와 정혜영도 마찬가지였다.

"나왔다!"

정혜영의 말처럼 더그아웃으로 들어갔던 차지혁이 경기 시작 전처럼 바구니에 사인볼을 담아 원정 팬들이 자리를 지키고 있는 관중석으로 다가왔다.

대전 호크스의 팬, 혹은 차지혁 선수의 팬이라 자처하는 관중들이 한목소리로 차지혁의 이름을 연호했고, 차지혁은 공손하게 고개를 숙여 보답을 하고는 바구니에서 사인볼을 꺼내 관중들을 향해 가볍게 던져 줬다.

"여기요! 차지혁 선수! 여기도 줘요!"

정혜영이 양팔을 마구 흔들며 외쳤고, 사인볼 하나가 정혜영의 앞까지 날아왔다.

"잡았다!"

정혜영은 두 손으로 사인볼을 잡아들고는 장난감을 얻은 아이처럼 폴짝폴짝 뛰며 행복해했다.

"에바! 나 사인볼 받았다! 헤헤!"

천진난만하게 좋아하는 정혜영의 모습에 에바도 웃으며 축하해 줬다.

마음 같아서는 에바도 사인볼 하나 얻었으면 싶었지만, 정혜영처럼 호들갑을 떨기엔 먼 이국땅의 낯선 시선들이 너무 불편하기만 했다.

차지혁은 바구니에 담겨 있던 사인볼을 모두 관중들에게 던져 주고는 곁에서 기다리고 있던 미모의 아나운서와 당일 수훈선수 인터뷰를 진행하기 시작했다.

"뭐야? 저 여시 같은 게 왜 저렇게 차지혁 옆에 바짝 붙어 있는 거야!"

"야! 너 옆으로 떨어져! 뭘 그렇게 들러붙어서 인터뷰를 하는 거야!"

"아나운서가 차지혁 선수한테 너무 붙어 서 있는 거 같지 않아?"

TV로 중계가 되고 있는 상황에서도 미모의 아나운서는 차지혁 선수에게 과도할 정도로 바짝 붙어 있었다.

그 모습을 보고 일부 여성 팬들이 눈에 쌍심지를 켜고 불만을 토해냈는데, 정혜영 역시 그중 한 사람이었다.

그때 대전 호크스 선수들이 조심스럽게 인터뷰를 하는 차지혁 선수의 뒤로 다가가서는 큰 물통에 담긴 파란빛의 이온음료를 머리위로 쏟아버렸다.

차지혁 선수에게만 집중된 음료 세례였지만, 아나운서가 너무 바짝 붙어 있었기에 함께 음료를 뒤집어쓰고 말았다.

보통 경기 직후 벌어지는 수훈 선수 인터뷰에서 물이나 음료 세례는 짜릿한 역전승이나 완봉승 같은 경우가 아니면 잘 일어나지 않았기에 인터뷰를 진행하는 아나운서들도 미리 언질을 받는다.

아나운서의 경우 갑작스런 물세례를 받지 않으려면 적당히 거리를 유지한 상태에서 인터뷰를 하다가 카메라맨이 약속된 신호를 주면 슬쩍 뒤로 빠지며 괜한 봉변을 당하지 않는다.

그런데 오늘 차지혁의 인터뷰를 담당한 미모의 아나운서는 뻔히 알고 있으면서도 거리 유지를 하지 않았고, 카메라맨의 신호에도 꿈쩍하지 않았다.

더불어 아나운서는 음료가 머리 위로 쏟아지자, 깜짝 놀라며 차지혁 선수의 품으로 파고들기까지 했다.

신인 아나운서도 아니고 2년 가까이 수훈 선수 인터뷰를 해왔던 아나운서로서 할 행동이 아니었다.

고작 몇 초 정도만 안겨 있었을 뿐이지만, 일부 극성스러운 여성 팬들은 저마다 잔뜩 흥분해서 소리를 질러댔다.

"저 불여우가 뭐하는 거야! 아우! 진짜!"

에바는 마치 자신의 애인이 다른 여자에게 유혹을 당하고 있는 것처럼 흥분한 얼굴로 씩씩거리는 정혜영의 모습에 고개를 좌우로 흔들었다.

인터뷰를 마친 차지혁 선수가 더그아웃 쪽으로 사라지자 그제야 마지막까지 경기장에 남아 있던 팬들이 하나둘 자리를 뜨기 시작했다.

"김하연? 이 불여우가 작정하고 달려들었다 이거지?"

어느새 핸드폰으로 아나운서의 정보를 검색하고 원수처럼 액정 화면을 노려보는 정혜영이었다.

Chapter 4

"주천이가?"

내 물음에 핸드폰 안쪽에서 목소리가 들려왔다.

—그래. 무리하게 훈련하다가 문제가 생겼나 봐. 벌써 수술 날짜까지 다 잡혔다고 하던데?

"수술해야 할 정도로 심각하데?"

—그것까지는 잘 모르겠는데, 주천이가 스스로 원했다고 하더라고. 너도 알잖아? 투수들에게는 굉장히 매력적인 수술이라는 걸.

매력적인 수술?

난 절대 동의하지 않는다.

인간의 몸은 어떠한 경우라도 인위적으로 다루지 말아야 한다 생각하고 있었다.

다른 무엇도 아닌 칼이다.

멀쩡한 몸에 칼을 대는 건 정말 최악의 수단이다.

아무리 모범적인 사례가 많다 하더라도 수술이라는 걸 쉽사리 결정할 문제는 아니라 여겼다.

─혹시 또 알아? 주천이도 수술 전보다 구속이나 구위가 더 좋아질지?

장난스런 장형수의 말에 내 눈이 저절로 일그러졌다.

"토미존 수술로 성공한 선수들이 많은 건 사실이지만, 그것만 보고 수술을 결정하는 건 정말 위험한 도박이야. 수술에 성공한 선수만큼 실패한 선수도 많다는 게 그 증거니까."

─그거야 그렇지. 하지만 최근 10년간 성공 사례가 압도적으로 많은 것도 사실이잖아? 미국에서는 일부러 멀쩡한 팔을 수술하는 투수들까지 있을 정도야. 나도 그렇게까지 해야 하나 싶기는 하지만 그만큼 간절하다는 뜻이기도 하니까.

전혀 모르는 소리가 아니다.

장형수의 말처럼 구속에 대한 갈증과 맹목적인 욕심으로

인해 멀쩡한 팔을 수술하는 극단적인 투수들도 있었다.

토미존 수술 이후, 구속이 올라간 선수들이 많이 생겨나면서 구속에 대한 유혹을 뿌리치지 못하고 수술대에 오르는 것이다.

과연 옳을까?

절대 아니다.

적어도 난 그렇게까지 극단적인 모험을 하는 선수 중 정말 자신이 원하는 걸 얻을 수 있는 이는 거의 없다고 생각했다.

토미존 수술로 구속이 오른 투수들은 수술이 성공하는 것은 물론이고, 이후 피땀을 흘릴 정도로 노력해서 재활에 성공했기에 가능한 일이다.

멀쩡한 팔을 수술한다는 건 이미 정신부터 틀려먹었다는 게 내 개인적인 생각이었다.

수술을 할 정도라면 차라리 이를 악물고 훈련을 하는 게 더 낫지 않을까?

적어도 난 그렇게 생각했다.

―너는 괜찮냐?

"뭐가?"

―너 요즘 보니까 장난 아니던데? 시즌 초부터 그렇게 많은 이닝을 던져도 괜찮냐? 오늘, 아니, 날짜가 지났으니 어

제겠구나. 어쨌든 4경기에서 35이닝을 던졌잖아? 너무 무리하는 거 아냐? 단순 계산으로만 따져도 24경기만 선발로 등판해도 210이닝이잖아? 미쳤네. 설마 너 1, 2년만 반짝 야구 할 생각은 아니지?

"내가 혹사라도 하고 있을까 봐?"

내가 피식 웃으며 묻자 장형수가 익살스럽게 웃었다.

―하긴, 몸 관리의 달인이라 불리는 차지혁인데 내가 별 걱정을 다 했네. 흐흐!

잠시 잠깐의 영광을 위해 몸을 혹사할 정도로 난 어리석지 않다.

오늘 경기를 위해 내일을 기약할 수 없는 투구를 한다?

있을 수도 없는 일이다.

적어도 나는 그런 선택의 순간을 철저하게 외면할 준비가 되어 있다.

―너는 벌써 4승에 4월 최우수선수가 유력할 정도로 정상을 향해 수직으로 내달리는데, 나는 언제쯤 마이너리그를 벗어날지 기약조차 할 수 없으니 답답하기만 하다. 하아~!

"트리플A 팀에서 주전 마스크 쓰고 있는 놈이 참 팔자 좋은 소리 하고 있네. 너보다 나이도 훨씬 많은 포수들이 더블A나 싱글A에서 뛰는 거 보면 미안하지도 않냐?"

―내가 왜 걔네들한테 미안해? 프로 선수는 실력이 곧 경쟁력인데! 나보다 실력이 떨어지는 걸 내가 미안해할 필요는 없잖아?

"미국물 먹더니 뻔뻔해졌네."

―햄버거랑 피자만 먹어봐라. 속만 니글거리는 게 아니라 몸 전체가 니글니글거린다. 너도 나중에 와보면 알겠지만, 진짜 여기서는 함부로 고개 숙이면서 저자세로 나가면 무시만 당하더라. 좀 뻔뻔해질 필요가 있더라. 이게 다 형님이 먼저 경험한 소중한 자산들이니까 나중에 유용하게 써먹고 밥이나 거하게 한 끼 사면된다. 흐흐흐!

"나도 그 정도는 알고 있다."

―니가 알긴 뭘 알아? 경험해 보지 못한 놈은 절대 알 수 없는 특급 비밀이야!

"내 주변에 메이저리거가 둘이나 된다."

―아! 최상호 코치? 그런데 또 한 명은 누구야?

"박호찬 선배."

―박호찬 선배? 이 새끼! 넌 도대체 무슨 짓을 하기에 레전드 선배들한테만 야구를 배우는 거야? 나쁜 새끼! 안 그래도 실력도 좋은 놈이 코치까지 좋으면 다른 평범한 놈들은 어떻게 야구하라고! 너처럼 이기적으로 야구하는 놈들 때문에 나처럼 평범하게 야구하는 놈들이……

장형수의 시끄러운 목소리를 더 듣고 있을 필요가 없었기에 끊겠다며 일방적으로 전화를 끊어버렸다.

　잠을 자려고 했지만, 쿵쿵거리는 소리와 함께 방문이 벌컥 열리며 지아가 들어왔다.

　"오빠! 도대체 무슨 짓을 하고 다니는 거야!"

　뜬금없는 소리에 슬쩍 시계를 바라봤다.

　어느덧 밤 12시가 훌쩍 지나 있었다.

　"무슨 소리야? 그리고 너 내일 학교 안 가? 12시가 지났는데 아직까지 안 자고 뭐해? 엄마한테 이른다."

　"나 원래 늦게 자거든! 그것보다도 이 여자 누구야?"

　지아는 최신형 태블릿PC를 내 앞에 내밀었다.

　태블릿PC 화면에는 전광판을 바라보고 있는 내 모습과 전광판 속에 예쁜 여자가 두 손으로 하트를 만들고 있는 장면이 사진으로 찍혀 있었다.

　기억에 있다.

　8회 말 경기가 시작되기 전에 연습 투구를 하고 포수가 2루로 송구를 하는 걸 지켜보다 우연찮게 전광판에 잡힌 여자를 잠시 바라봤다.

　예쁜 얼굴 때문에 시선이 멈췄다는 건 부정할 수 없었다.

　"팬이겠지. 모르는 여자야. 나 오늘 서울에서 시합하고 내려왔다. 피곤하니까 그만 좀 자자."

"단순한 팬이라고? 모르는 사이라고?"

"그럼 내가 어떻게 알아?"

"이건 어떻게 설명할 건데!"

지아가 화면을 넘기자 이번에는 경기가 끝나고 사인볼을 던져 주는 내 모습과 그걸 받아들고 좋아하는 여자의 모습이 또다시 사진으로 아주 선명하게 찍혀 있었다.

"……"

사인볼을 저 여자가 받았던가?

나는 모르는 일이다.

그냥 무작위로 사인볼을 관중들에게 던져 줬을 뿐이다.

그중 하나가 우연찮게 여자의 손에 들어갔을 뿐인데, 문제는 이런 내 말을 지아가 믿어줄 것 같지 않았다.

"이걸 보고도 오리발을 내밀 수 있을까?"

다시 화면이 넘어갔다.

이번에는 음료 세례를 받고 나에게 안겨 있는 아나운서와 그 모습을 굉장히 화가 난 얼굴로 노려보고 있는 여자가 사진에 찍혀 있었다.

모든 사진들이 하나같이 나와 여자를 위주로 작정하고 찍은 것 같았다.

"언제부터 정혜영하고 만났어?"

"정혜영?"

"흥! 여전히 오리발을 내밀겠다? 정혜영! 나이는 20살! 한국대학교 신입생! 그것도 수석 입학! 대전 명화여고에서 3년 동안 전교 1등을 놓친 적도 없고, 전국 등수도 1, 2등을 밥 먹듯이 했던 수재라는 걸 내가 모를 줄 알았나 보지? 이미 인터넷에 쫙 깔렸거든! 정말 사람들 말처럼 오빠가 정혜영 때문에 대전 호크스와 계약한 거야? 아빠랑 엄마도 이 사실을 알아?"

"…너, 소설 쓰냐?"

내 말에 지아는 더 이상 거짓말할 생각하지 말라며 날 귀찮게 했고, 어쩔 수 없이 힘으로 방에서 내쫓을 수밖에 없었다.

쾅쾅쾅쾅!

"이 멍청아! 여자 함부로 사귀지 마! 너처럼 야구밖에 모르는 바보는 이용만 당할 수 있다고! 여자가 얼마나 무서운지 오빠가 몰라서 그래! 오빠는 딱 호구야! 더군다나 정혜영은 얼굴도 예쁘고, 머리도 좋으니까… 너 같은 야구 바보는 손바닥 위에 올려놓고 가지고 논단 말이야! 내 말 듣고 있는 거야? 여자는 여자가 잘 안다니까!"

방문을 두드리며 소리를 내지르는 지아의 목소리를 무시하며 잠을 자려고 했지만, 도저히 신경이 쓰여서 잠을 잘 수가 없었다.

결국 컴퓨터를 켰다.

나도 모르는 사이에 나와 정혜영이라는 여자가 애인 사이라는 말도 안 되는 추측성 기사나 인터넷 글들이 떠다니고 있었다.

특히 한 기사가 이번 일을 의도적으로 부풀리며 확대시키고 있었다.

"조희근?"

기사를 작성한 기자는 우리나라에서 손에 꼽히는 거대 신문사인 조성일보의 조희근이라는 기자였다.

기사에 달린 댓글들은 대부분 말도 안 되는 억지 추측이다, 의도적으로 차지혁의 스캔들을 조장하고 있다, 또 조성일보가 소설 쓰고 있다며 비난하는 댓글이 주를 이루고 있었다.

하지만 사실일지도 모른다는 식의 댓글도 아예 없는 건 아니었다.

"괜히 곤란해지겠는데?"

나야 어차피 언론과는 떨어질 수 없는 사이였기에 신경 쓸 것도 없는 해프닝일 뿐이었지만, 정혜영이라는 여자는 입장이 달랐다.

일반인이고 지극히 평범한 여대생이다.

인터넷에서 약간 유명세를 타긴 했지만, 지금처럼 스캔

들과 같은 기사에 등장해서 좋을 것 하나 없었다.

무엇보다 여자로서 좋지 않은 상황에 휘말려 곤란하게 될 건 뻔한 일이었다.

지이이잉. 지이이이잉.

핸드폰이 울렸다.

발신자를 확인해 보니 황병익 대표였다.

무엇 때문에 이런 늦은 시간에 전화를 했는지 충분히 짐작이 가능했다.

"여보세요?"

—자는 걸 깨운 게 아닙니까?

"아닙니다. 기사 때문에 전화하셨죠?"

—차지혁 선수도 보셨군요. 그게 참… 아니라는 걸 압니다만, 워낙 여기저기서 연락이 오다보니까 확실하게 확인을 해줘야 할 것 같아 늦은 시간에 전화를 하게 됐습니다. 오늘 서울 원정 시합까지 하고 늦게 집에 도착했을 텐데… 죄송합니다.

"괜찮습니다. 어차피 오늘부터 5일 동안 휴식일이잖습니까. 그것보다 왜 이런 말도 안 되는 추측성 기사를 작성했는지 모르겠습니다."

내 물음에 황병익 대표가 가볍게 웃었다.

—차지혁 선수에 대한 국민적인 관심이 워낙 크기 때문

이라고 생각하면 됩니다. 지금 차지혁 선수에 관한 모든 행동 하나하나가 대단한 관심사로 자리를 잡고 있습니다. 선수 입장에서는 귀찮고 신경 쓰이는 일이겠지만, 팬이 없는 스타는 없는 법입니다. 좋은 쪽으로 생각하면 굳이 스트레스 받을 일도 없을 겁니다. 그리고 이번 일은 간단하게 아무런 사이가 아니라는 걸 해명해 두는 것이 여러모로 좋을 것 같습니다. 그렇다고 거창하게 반박 기사를 내면 여자분에게도 실례가 될 수 있으니 간단하게 해명하는 것이 어떻겠습니까?

"알아서 해주세요."

이런 일을 해결해 주는 게 에이전시였기에 나는 황병익 대표에게 모든 걸 맡겨두고는 통화를 마치려고 했다.

─아! 그리고 4월의 선수로 수상이 확실하다는 정보를 입수했습니다. 너무 당연해서 크게 놀랍지도 않으시죠? 어쨌든 프로 데뷔 첫 달에 이달의 선수로 선정된 점 축하드립니다. 앞으로도 승승장구하길 바라며, 에이전시 대표로서 차지혁 선수의 모든 편의를 최대한으로 맞춰드릴 수 있도록 항상 노력하겠습니다.

"앞으로도 잘 부탁드리겠습니다."

황병익 대표와의 통화를 마치고 침대에 누웠다.

예상했던 일이지만, 4월의 선수로 수상이 된다는 말에 살짝 마음이 들뜨는 걸 느낄 수 있었다.

프로 데뷔 첫 달부터 너무 많은 것들을 이루는 것 같아 너무 일이 잘 풀리는 거 아닌가 싶었지만, 이 정도로 만족 해선 안 된다는 생각이 들었다.

앞으로 내가 쌓아야 할 경력은 무수히 많았고, 그걸 이루 기 위해선 현실에 안주하기보단 더 노력해서 실력을 키워 야 한다는 걸 누구보다 잘 알기 때문이다.

운동선수는 현실에 만족하는 순간 기량이 하락하기 시작 한다.

은퇴 직전까지 꾸준히 노력해야 하는 게 운동선수의 숙 명이다.

우선 올해 목표는 신인왕, 1점 대의 평균자책점, 200이닝 을 소화하는 거다.

다승왕과 MVP는 나만 잘한다고 되는 것이 아니었기에 미련을 갖지 않으려고 생각 중이었다.

원하는 목표에 올라서기 위해서는 꾸준히 활약할 수 있 도록 체력을 더 길러야 하고, 컨디션 조절에 힘써야 한다.

구속과 구위, 제구력은 말할 것도 없다.

무엇보다 하반기까지 시합에 써먹을 수 있을 수준으로 투심 패스트볼과 체인지업을 던질 수 있게 된다면 내 목표 는 충분히 이룰 수 있게 된다.

오늘 있었던 경기를 다시 한 번 머릿속에서 되풀이해 보며 천천히 잠에 들었다.

"이건 또 뭐야?"

침대에 누워서 핸드폰으로 인터넷을 검색하던 지아가 벌떡 일어났다.

오늘 차지혁과 인터뷰를 한 미모의 아나운서가 차지혁 선수는 현재 만나고 있는 여자 친구가 없다는 말을 자신에게 직접 했다는 짧은 기사가 올라와 있었다.

뿐만 아니라 기사 내용 중에는 차지혁 선수가 멋있다느니, 나이는 어리지만 믿음직스러울 정도로 듬직하다는 투로 말을 해놔서 누가 봐도 의도를 쉽게 파악할 수 있었다.

기사 내용도 문제지만, 지아를 더 신경 쓰이게 만드는 건 음료 세례를 받은 직후 자신의 오빠에게 찰싹 안겨 있는 사진이었다.

음료에 젖은 상의로 인해 풍만한 가슴이 고스란히 드러난 자극적인 사진과 우연찮게 고개를 숙이고 있는 차지혁의 시선이 충분히 오해를 살 만한 구도를 만들어내고 있었다.

"김하연? 스물다섯? 와~! 이 노망난 할망구가 어디서 교태를 부리는 거야!"

지아는 바드득 이를 갈아붙이며 기사에 댓글을 달기 시
작했다.

*   *   *

4월, 이달의 선수로 상을 수상했다.

4월 한 달 동안의 기록은 말 그대로 보고도 믿을 수가 없
다는 말이 나올 정도로 신기에 가까웠다.

일부에서는 4월 한 달간의 기록이 역대 최고의 기록으로
남을 것이며, 세상 그 어떤 투수도 깨지 못할 불멸의 기록
이라고까지 평했다.

승패 : 4승 0패.

IP(이닝) : 35.

H(피안타) : 11.

AVG(피안타율) : 0.098.

R(실점) : 0.

ER(자책점) : 0.

HR(피홈런) : 0.

BB(볼넷) : 2.

HB(사구) : 0.

SO(삼진) : 51.

TBP(상대한 타자수) : 112.

NP(총 투구수) : 441.

내가 달성한 기록이지만, 나 역시 이게 사실인가 싶을 정도로 믿기지 않았다.

절반에 가까운 타자들을 삼진으로 잡아냈고, 피안타율은 0.1도 되지 않았으니 비디오게임으로 야구를 한다 하더라도 이것보다 나을 수 있을까 싶을 정도였다.

보통 선발투수는 피안타율이 0.2만 되어도 굉장히 잘했다고 평가를 받는다.

그런데 나는 0.1이하를 기록해 버린 거다.

강남 맨티스의 용병 타자 크로이 러셀은 4월 한 달 동안 19개의 홈런을 쏘아올리고도 이달의 선수상을 받지 못했다.

다른 때였다면 압도적으로 이달의 선수상을 받아냈을 크로이 러셀로서는 불행이라 할 만했다.

"4월 달 보너스는 확인하셨습니까?"

황병익 대표의 말에 나는 어머니를 바라봤다.

"예. 확인했습니다. 그런데 액수가 좀 많더군요?"

"대전 호크스 구단에서 2억을 지급한 걸로 알고 있습니다. 맞습니까?"

어머니는 고개를 끄덕였고, 황병익 대표는 2억에 대한 설명을 시작했다.

"우선 계약서에 명시되어 있는 차지혁 선수의 보너스 옵션은 승리 수당이 1천만 원이고, 완봉을 할 경우 3천만 원이 지급됩니다. 4월 동안 차지혁 선수는 4승을 기록했고, 그중 3차례 완봉승을 거뒀습니다. 계산상으로 따진다면 1억이 되어야 합니다. 그런데 대전 호크스 구단에서 데뷔전 노히트노런에 대한 축하금으로 1억을 추가로 지급했습니다."

황병익 대표의 말에 그제야 난 엊그제 프론트 직원이 했던 말이 떠올랐다.

대전 호크스 프론트에서 축하 격려금으로 보너스를 두둑하게 지급했다고 했는데, 그걸 까먹고 있었던 거다.

"그리고 4월 한 달간 차지혁 선수 이름으로 쌓인 유소년 발전 기금이 510만 원입니다. 유소년 발전 기금은 매년 마지막 달에 한꺼번에 일괄 기부하도록 하겠습니다. 혹시 매달 기부하길 원하시면 말씀하십시오. 오늘 중으로라도 처리하겠습니다."

아버지와 어머니는 날 바라봤다.

두 분은 내가 번 돈에 대해서는 일절 관심을 두지 않았다.

그럴 필요 없다고 몇 번이나 말을 했지만, 부모님은 바뀌지 않았다.

고마우면서도 한편으로는 미안한 마음도 들었다.

"매달 지급해 주세요."

매년 한 번. 연말에 목돈을 기부하는 것도 좋겠지만, 돈이라는 게 필요할 때 쓰여야 진짜 값지다고 생각했기에 구태여 모아 놓을 필요가 없을 것 같았다.

더욱이 계약 당시 대전 호크스에서 직접 내 이름으로 기부하기로 되어 있었던 걸 황병익 대표가 에이전시 쪽으로 빼앗아 왔기에 그것에 대한 말들도 조금 있었다.

그렇다보니 괜한 부스럼이 생기지 않도록 빨리빨리 처리하는 게 내 입장에서는 속 편했다.

황병익 대표는 가타부타 말없이 고개를 끄덕였다.

"알겠습니다. 그리고 스폰서 협찬 제의가 들어왔습니다."

"스폰서요?"

"예. 꽤 많은 스포츠 업체에서 스폰서 제의가 들어왔는데, 우선 여기 제안을 해온 스폰서 목록입니다. 이들 중 제안 내용이 괜찮은 곳은 가장 상위 그룹으로 따로 분류해 놨습니다."

황병익 대표가 건네주는 서류를 확인해 보니 누구나 알

만한 유명 스포츠 업체들이었다.

상위 그룹으로 따로 분류해 놓은 업체들은 NIKE, Adidas, Asics, Mizuno, Reebok, New Balance였는데 협찬 품목은 운동화, 배트, 글러브, 모자, 의류로 모두 동일했지만 계약 기간과 계약금에 차이가 있었다.

상위 그룹 중 계약 기간이 가장 긴 업체는 New Balance로 5년이었고, 계약금이 가장 큰 업체는 Mizuno로 20억이었다.

"여긴 어딘가요?"

목록 중간 정도에 Woool이라는 생소한 스포츠 업체가 눈에 들어왔다.

이름도 낯설었지만, 계약 기간 10년에 계약금으로 1억이 명시되어 있어 눈에 들어왔다.

협찬 품목은 다른 업체들과 다를 것 없었지만, 추가 사항으로 0.3%의 수익금 분배라는 특이한 내용이 명시되어 있었다.

"울이군요. 저도 생소한 곳이라 궁금해서 알아봤더니, 이번에 국내에서 새롭게 런칭한 스포츠 업체라고 합니다. 순수 국내 브랜드로 기본적으로는 의류와 운동화 시장을 노리고 있다고 합니다. 신생 업체라 딱히 믿을 만한 구석은 없어 보였습니다."

황병익 대표는 신경 쓸 필요가 없는 업체라는 식으로 대답했다.

스포츠 브랜드 시장은 이미 몇몇 거대 공룡 기업들이 확실하게 자리를 잡아놓은 상태라 신생 기업이 끼어들 틈이 없었다.

수십 년에 걸쳐 쌓아 놓은 브랜드 이미지가 거대 공룡 기업들의 가장 확실한 힘이다.

그러니 울이라는 신생 업체는 황병익 대표의 말처럼 신경 쓸 필요가 없었다.

우선 계약 기간도 황당할 정도로 길었고, 그에 반해 계약금은 장난인가 싶을 정도로 적었다.

협찬 품목도 다른 곳과 다르지 않았지만, 글러브나 배트 등은 전문적으로 생산하지 않으면 제대로 만들기 쉽지 않았기에 믿음이 가지도 않았다.

그런데 이상하게 끌렸다.

무엇보다 이미 세계 시장에서 확고부동하게 자리를 잡고 있는 해외 브랜드를 나까지 나서서 광고해 줄 필요가 있나 싶은 마음도 들었다.

돈을 벌기 위해서라면 당연히 N사나 A사 등을 선택해야 옳지만 야구만으로도 이미 충분한 돈을 벌고 있고, 앞으로도 벌 자신이 있었기에 거대 기업의 광고판이 되고 싶다는 생각이 들지 않았다.

"이쪽 대표를 만나볼 수 있을까요?"

"예?"

황병익 대표가 놀란 눈으로 날 바라봤다.

언급할 가치도 없는 신생 기업, 그것도 국내 업체의 대표를 만나겠다니 꽤나 당황한 듯 보였다.

모든 운동선수가 N사나, A사의 광고 모델이 되길 꿈꾼다.

두 기업의 광고 모델이 되면 운동선수로서 굉장히 유명해졌다는 뜻이다.

그런데 그런 빛나는 광고 모델 자리를 거부하고 있으니 황병익 대표로서는 인상이 찌푸려지지 않을 수 없었던 거다.

"어떤 생각으로 제게 스폰서 제의해 왔는지 궁금해서 한번 만나보고 싶습니다."

더 이상 말은 하지 않았다.

진심을 말했으니 할 말도 없었다.

무엇보다 만난다고 계약을 하는 것도 아니다.

황병익 대표도 그 점을 떠올렸는지 최대한 빠른 시간 내에 자리를 마련해 보겠다고 대답했다.

이후로도 황병익 대표와 함께 이런저런 이야기를 나누

었다.

"스캔들 사건 이후로 차지혁 선수의 유명세가 더 높아졌습니다."

히죽 웃으며 대답하는 황병익 대표였다.

웃고 있는 황병익 대표와 다르게 난 딱히 즐겁지 않았다.

정혜영이라는 여대생과 얽혔던 스캔들 사건에 뜬금없이 김하연이라는 스포츠 아나운서가 끼어들면서 하루면 정리됐을 일이 4일 동안이나 이어졌기 때문이다.

특히 김하연 아나운서가 공개적으로 날 좋아한다는 말을 하면서 그 후폭풍이 대단했다.

사건의 발단이었던 정혜영이라는 대학생은 사람들 뇌리에서 잊혀지고, 나와 김하연 아나운서에 대한 이야기로 한동안 인터넷 세상이 떠들썩했다.

그중 가장 황당한 건, 스캔들 사건으로 인해 가장 피곤해한 사람은 내가 아닌 지아였다.

한순간도 태블릿PC와 핸드폰을 손에 놓지 않고 나와 관련된 기사, 게시글 등에 온갖 간섭을 하고 다녔다.

두 눈의 다크서클이 퀭하니 턱까지 내려앉은 지아의 모습에 참다못한 어머니가 태블릿PC와 핸드폰을 압수하고 나서야 일단락이 되었을 정도였다.

"그런 유명세라면 사양하겠습니다."

진심이다.

운동선수가 스캔들로 유명해지는 건 절대 좋은 모습이 아니다.

이제 어느 정도 잠잠해졌다고 하지만, 내일이 선발로 등판하는 날이기에 얼마나 많은 기자가 하이에나처럼 날 지켜보고 있을지 안 봐도 비디오였다.

나야 이런 부분에 있어서는 아예 신경을 끄고 살았기에 상관없었지만, 기자들의 표적이 될 가족들을 생각하면 두 번 다시는 이런 시끄러운 일에 휘말릴 생각이 없었다.

"내일 상대가 광주 피닉스죠? 요즘 광주 피닉스의 상승세가 무서울 지경이더군요. 벌써 14연승을 이어나가고 있죠?"

광주 피닉스.

2025년 페넌트 레이스 1위, 한국 시리즈 우승팀.

전통적으로 투타의 조화가 아주 잘 이루어져 있는 강팀 중의 강팀이다.

20전 16승 4패라는 엄청난 승률로 현재 페넌트 레이스 1위 팀이기도 했다.

무엇보다 현재 14연승을 내달리며 거침없이 상대 팀들을 격파하고 있었다.

대전 호크스도 5월 1일부터 홈으로 불러들인 광주 피닉스를 상대로 2연패 중이다.

내일 경기에서 승리한다 하더라도 1승 2패로 루징 시리즈다.

반대로 광주 피닉스는 내일 경기에서 승리하면서 5개 구단을 상대로 연속 스윕승을 달성하게 된다.

2026년도 1위 후보로 꼽힌 광주 피닉스다운 무서운 질주다.

거침없이 질주하는 광주 피닉스를 상대로 내일은 내가 선발 등판해야 한다.

"오늘 점수 차이가 내일 경기에도 영향을 미칠까 걱정입니다."

9 : 1.

오늘 광주 피닉스와 대전 호크스의 최종 점수다.

처참할 정도로 짓밟혀 버렸다.

무엇보다 전날 경기에서도 7 : 2로 졌기 때문에 팀 분위기는 말 그대로 바닥까지 떨어져 버린 상황이었다.

현재 대전 호크스의 성적은 11승 9패.

시즌 초, 약체로 평가받았던 것과 비교하면 상당히 선전하고 있는 상황이지만, 광주 피닉스를 상대로 너무나도 큰 점수 차로 패배했다는 점이 팀 분위기에 치명적인 영향을 끼치고 있었다.

만약 내가 내일 경기에서도 팀 패배를 막지 못한다면?

'분위기를 끌어올리기가 쉽지 않겠지.'

전체적인 전력이 결코 높지 않은 대전 호크스였기에 분위기마저 가라앉으면 어떤 팀을 만나더라도 승리가 힘들어진다.

이게 바로 약팀의 문제점이다.

팀을 위해서라도 내일 경기는 무조건 이겨야만 했다.

"내일 경기는 무조건 이겨야 합니다."

나 스스로에게 다짐하듯 그렇게 말했다.

언제나처럼 아침 일찍 일어나 런닝을 시작했다.

사람이 밥을 먹어야 살아갈 수 있는 것처럼, 아침 런닝과 스트레칭은 내게 밥과 같은 것이었다.

하루라도 빼먹으면 그날 컨디션이 좋지 않았기에 비가 오고 눈이 와도 절대 빼먹지 않았다.

스트레칭을 마치고 가볍게 어깨를 푸는 동안 최상호 코치가 찾아왔다.

"어쩐 일이세요?"

시즌이 시작되고 나서는 최상호 코치와 매주 토요일마다 훈련을 함께할 수가 없었다.

경기도 있고 원정도 다녀야 하다 보니 규칙적으로 시간

을 낼 수가 없었기 때문이다.

그러다 보니 시간이 날 때마다 개인적으로 연락을 취해서 훈련을 해오고 있었다.

"몸 상태나 볼까 해서 왔다."

가볍게 캐치볼을 하려고 준비하던 아버지가 슬쩍 옆으로 물러났고, 최상호 코치는 가방에서 포수 미트를 꺼내 언제나처럼 자신의 자리로 향했다.

팡팡.

포구면을 주먹으로 두 번 두드린 최상호 코치가 포수 미트를 앞으로 내밀었다.

"던져 봐."

가볍게 1구를 던졌다.

몸 상태는 나쁘지 않았지만, 그렇다고 최상의 컨디션이라고까지 부르기엔 힘들었다.

살짝 아쉬운 마음이 들었다.

오늘 상대는 리그 1위를 폭주 기관차처럼 달리고 있는 광주 피닉스였으니까.

"컨디션이 베스트는 아닌 것 같군."

투수의 공을 받아보면 당일의 컨디션을 알 수 있다.

구위, 구속, 제구까지 모든 것이 공에 나타나기 때문이다.

"그렇다고 나쁜 것도 아닙니다."

나쁘진 않다.

다만 노히트 경기를 했을 때나 완봉승을 거뒀던 경기들처럼 베스트라 부를 수 없을 뿐이었다.

더 솔직히 말하자면 8이닝 무실점을 기록했던 경기 때보다도 컨디션이 떨어졌다.

아무리 최상의 컨디션을 만들기 위해 노력한다 하더라도 그게 뜻대로 되지 않을 경우가 종종 있는데 오늘이 그날인 듯싶었다.

"컨디션도 문제지만, 광주 피닉스의 타선은 쉬어 갈 틈이 없다. 하위 타선을 만만하게 여겼다가는 실점으로 이어질 수 있으니 오늘 경기에서 7이닝만 책임지겠다는 심정으로 마운드에 서는 게 좋을 거다."

최상호 코치의 조언에 나는 고개를 끄덕였다.

조금이라도 컨디션을 더 끌어올리고자 오전 내내 최상호 코치와 몸을 움직이고는 대전 한밭 야구장으로 향했다.

경기 시작까지 3시간이나 남아 있었는데도 야구장 주변엔 굉장히 많은 사람들이 접근해 있었다.

언제나처럼 티켓은 매진이다.

3배, 4배가 넘는 가격으로 암표까지 나돌았다고 했다.

그렇게 많은 돈과 시간을 투자하면서까지 야구장에 찾아

오는 팬들을 위해서라도 오늘 경기에서 반드시 좋은 모습을 보여줘야겠다고 또다시 다짐했다.

2026년 5월 3일 대전 호크스 21차전, 선발투수 차지혁.

현수막이 나부끼는 야구장으로 들어섰다.

Chapter 5

딱!

　―유격수 박상천, 몸을 날려봅니다만, 타구의 속도가 워낙 빠릅니다! 타구는 그대로 좌익수 진주호의 앞까지 굴러 갑니다! 광주 피닉스의 1번 타자 김지호의 과감한 초구 배팅이 그대로 안타를 만들어 냅니다! 대전 호크스의 선발 차지혁 선수가 고개를 좌우로 흔들며 손에 로진 가루를 묻혀 봅니다. 초구부터 안타를 맞을 거라고 누가 생각이나 해봤 겠습니까? 강영수 해설위원께서는 어떻게 보셨습니까?

　―우선 화면에서 보시는 것과 같이 151km의 포심 패스트

볼이 완전히 몸 쪽으로 붙지 못하면서 안타를 맞았네요. 제구가 완벽하지 못했지만, 김지호 타자가 굉장히 잘 친 타격이죠. 무엇보다 선발투수의 공을 많이 봐야 할 1번 타자가 초구부터 스윙을 했다는 건 아무래도 광주 피닉스의 작전이라고밖에 생각이 들지 않는군요. 차지혁 투수의 성향상 초구는 대부분 스트라이크를 잡고 들어가기 때문에 이 부분을 적극적으로 공략한 걸 겁니다.

─선두타자가 1루에 나가 있는 상황에서 광주 피닉스의 2번 타자 박성훈 선수가 타석에 들어섰습니다. 현재 0.347의 타율을 기록하고 있으며, 출루율 또한 0.429로 상당히 높은 편입니다. 어제 경기에서는 1번 타자로 출전해서 5타수 4안타의 맹타를 휘둘렀기에 오늘도 어제의 타격감이 그대로 이어질 가능성이 매우 큽니다.

─차지혁 투수로서는 내야 땅볼을 유도해서 병살타를 노릴 가능성이 크겠죠. 박성훈 타자는 이 점을 머릿속에 염두해 둬야 해요.

─말씀하시는 순간, 차지혁 선수 1구를 던졌습니다! 아, 볼입니다. 스트라이크 존을 살짝 벗어나는 몸 쪽 낮은 볼입니다. 150㎞의 포심 패스트볼로 아무래도 김지호 선수에게 초구부터 안타를 맞은 사실이 제구력을 흔들어 놓은 것이 아닌가 생각됩니다. 1루 주자를 바라보며 차지혁 선수 2구

를 던집니다.

따악!

―박성훈 선수의 타구 아슬아슬하게 3루 파울 라인을 넘어갑니다!

―노렸네요. 박성훈 선수도 김지호 선수와 마찬가지로 차지혁 선수가 스트라이크를 잡으러 들어올 것을 미리 예상하고 자신 있게 배트를 돌렸어요.

―1스트라이크 1볼의 상황입니다. 이른 판단일지 모르겠지만, 오늘 차지혁 선수를 상대로 광주 피닉스 타자들이 적극적으로 스윙을 가져갈 것 같습니다.

―1번, 2번 타자가 많은 공을 보지 않고 초구부터 과감하게 배트를 휘두르니 전체적으로 모든 타자들에게 적극적으로 타격에 임하라는 작전이 떨어진 겁니다. 지난 4경기에서 차지혁 선수가 어떤 식으로 타자들을 상대했는지는 이미 분석이 끝난 상태고, 그 해법은 지금처럼 타자들이 적극적으로 스트라이크를 노리고 들어오는 공에 대해서는 망설임 없이 타격을 가져가야만 하죠.

―3구 던졌습니다. 이번에도 볼입니다. 바깥쪽을 살짝 빠져나가는 포심 패스트볼입니다. 황대훈 포수가 주심을 돌아보며 스트라이크가 아니냐고 다시 한 번 물어봅니다만, 주심은 고개를 가로저으며 볼이라고 대답하는 것 같습

니다.

―방금 공은 아쉽네요. 주심의 성향에 따라 스트라이크로 선언이 될 수도 있었죠. 아무래도 오늘은 여러 가지로 차지혁 선수에게 쉽지 않은 날이 될 것 같네요.

―사인을 주고받은 차지혁 선수 4번째 공을 힘차게 던집니다! 이번에는 스트라이크입니다. 과감하게도 한가운데 포심 패스트볼을 집어넣었습니다. 전광판에 찍힌 구속이 154㎞입니다. 타자 박성훈 선수 타석에서 벗어나 배트를 휘두르며 다음 공을 생각합니다.

―역시 시원시원하네요. 차지혁 투수의 최대 장점이라면 타자와의 대결에서 절대 물러나지 않는 승부 근성이죠. 지난 4월에 있었던 모든 경기를 통틀어 최고의 명승부로 선정된 장면이, 차지혁 선수의 데뷔전이자 첫 노히트노런 경기의 8회 초 대구 블루윙스의 4번 이규환 타자와 대결에서 한가운데를 꿰뚫은 162㎞의 포심 패스트볼이었죠. 그 외에도 차지혁 투수는 결정적인 순간에 허를 찌르는 결정구로 타자들을 삼진으로 잡은 장면이 여럿 볼 수 있는데, 팬들은 이 부분을 아주 좋아한다고 하죠.

―승부사 기질이 아주 뛰어난 선수인 만큼 야구팬이라면 누구나 좋아할 수밖에 없다고 생각합니다. 2스트라이크 2볼 상황에서 차지혁 선수 5구째 던집니다.

딱!

―박성훈 선수 배트를 던지듯 가볍게 밀어 친 타격이 안타로 이어졌습니다! 벌써 2안타를 헌납하는 차지혁 선수입니다.

―행운의 안타군요. 박성훈 타자의 타구가 2루수 정현우 선수 앞에서 크게 바운드가 되며 키를 넘겼어요. 평소였다면 평범한 땅볼로 무난하게 병살 플레이를 만들어낼 수 있었을 텐데… 차지혁 투수 오늘 운도 따르지 않는 것 같군요.

└차지혁 선수 1회부터 무사 1, 2루의 위기에 놓였습니다. 현재 35이닝 무실점 기록을 이어나가고 있는 상황에서 위기에 놓였습니다. 더불어 5경기 만에 첫 실점을 줄 수도 있습니다. 기회를 잡은 광주 피닉스의 타석에는 3번 타자 임태현 선수가 들어섭니다.

―위기네요. 차지혁 투수로서는 임태현 타자를 어떻게 상대하느냐가 아주 중요해졌어요. 외야로 빠져나가는 타구라면 2루 주자 김지호 선수가 득점을 노려볼 정도로 발이 빠르죠.

―그렇습니다. 대전 호크스의 외야수들의 어깨가 그렇게 강하지 않기에 발 빠른 김지호 선수가 오늘 경기 첫 번째 득점을 얻어낼 수도 있습니다. 차지혁 선수 2루 주자를 한

차례 바라보고 1구를 던집니다. 아!

　톡.

　─기습 번트입니다! 3번 타자 임태현 선수 초구에 기습 번트를 댔습니다! 타구의 방향이 3루 선상을 따라 굴러갑니다! 3루수 메이슨 발레타 다급하게 달려와 공을 잡았습니다만, 거리가 너무 멀었고 갑작스런 기습 번트에 대처를 하지 못해 모든 주자가 세이프 됩니다! 무사 만루 상황으로 이어집니다!

　─이건 의외군요. 광주 피닉스 벤치에서 3번 임태현 타자에게 기습 번트 작전을 내릴 줄은 아무도 예상하지 못했어요. 더욱이 임태현 타자는 현재 타율이 0.356으로 굉장히 높은 편이죠. 대전 호크스 입장에서는 완전히 허를 찔리고 말았네요.

　"후우······."

　호흡을 가다듬으려고 해도 쉽지 않다.

　조금씩 손끝에 걸리는 공의 감촉이 어긋났다.

　컨디션이 좋지 않은 건 사실이나, 나쁘다고 할 수도 없는 상황에서 1회 초부터 무사 만루 상황이 만들어졌다.

　노리고 들어온 1번 타자에게 맞은 안타와 2번 타자의 행운의 안타에 이어 3번 타자의 기습 번트까지.

작전도 좋았지만, 행운까지 광주 피닉스의 몫이었다.

만루 상황에서 타석에 들어선 선수는 광주 피닉스의 4번 타자 한승철.

한때 메이저리그의 문을 두드렸던 훌륭한 체격 조건과 재능을 갖춘 선수.

결과적으로 반 시즌 정도 메이저리거로 이름을 알렸지만, 딱히 변변한 성적을 내지 못하고 마이너 생활만 3년을 하다가 국내로 돌아온 선수다.

전형적인 4번 타자로 한 방을 갖춘 거포였고, 작년에도 광주 피닉스에서 37개의 홈런을 터트리면서 자신의 파워를 자랑했다.

195㎝의 큰 키에 체중 109㎏의 체격이 타석에 자리를 잡으니 확실히 위압감이 느껴졌다.

초구는 몸 쪽 높은 공으로 정했다.

한승철이 가장 자신 없어 하는 코스였고, 배트가 나온다 하더라도 전형적인 어퍼스윙을 하는 배트 궤적이 공의 아랫부분을 맞춰 먼 거리까지 타구가 날아갈 수 없기 때문이다.

주자가 만루 상황이라 와인드업을 하고 힘껏 공을 던졌다.

부웅!

한승철도 초구부터 적극적으로 배트를 휘둘렀다.

바람 소리가 마운드에까지 들릴 정도로 세찼다.

예상대로 배트 궤적과 맞지 않아 헛스윙이 되었고, 한승철은 뭔가 아쉽다는 표정으로 배트로 스파이크 밑바닥을 툭툭 쳤다.

두 번째 공은 바깥쪽 스트라이크 존을 살짝 빠져나가는 파워 커브.

잔뜩 응축했던 힘을 발산하듯 한승철은 맹렬하게 배트를 휘둘렀지만, 배트와는 상당히 떨어진 거리에서 공이 포수 미트에 들어갔다.

2스트라이크 노볼 상황.

무사 만루 상황에서 마주한 4번 타자를 상대로 굉장히 유리한 고지에 섰다.

3번째 공이 중요했다.

유인구의 볼을 던질 것이냐, 이전처럼 과감하게 스트라이크 존을 공략하며 타자를 몰아붙일 것이냐.

선택의 기로에서 황대훈 선배가 요구한 공은 몸 쪽 밑으로 떨어지는 컷 패스트볼이었다.

땅볼을 유도해서 홈으로 달려들 주자를 막고, 걸음이 느린 한승철까지 잡겠다는 의도였다.

나쁘지 않았지만, 오늘 컷 패스트볼이 손끝에서 조금씩

빠지는 느낌이었기에 나로서는 달갑지 않았다.

그래도 여기서 실점을 막으면서 투 아웃 상황을 만들어 내면 한결 마음이 편안해지는 건 사실이었기에 결국 고개를 끄덕였다.

사인대로 던져 준다.

과도하게 힘을 쓸 필요도 없고, 제구력에만 신경 써서 던지면 된다.

배트를 꽉 쥐고 서 있는 한승철의 모습에서 어떻게든 외야로 타구를 날려 희생플라이라도 만들겠다는 의지가 눈에 보였다.

4번 타자로서 무사 만루 상황에서 1타점도 못 올린다는 건 분명 자존심 상하는 일이겠지.

공을 던지는 순간 또다시 실밥을 채는 손가락 끝의 감각이 미묘하게 어긋나는 느낌이 들었다.

쇄애애액.

원하던 코스에서도 살짝 위로 올라갔고, 공의 무브먼트도 평소보다 밋밋했다.

홈플레이트 앞에서 칼날처럼 꺾여야 하는 각도 그 폭이 훨씬 좁았다.

언뜻 보면 포심 패스트볼처럼 보일 정도로 형편없는 컷 패스트볼이었다.

따악!

포수의 미트를 향해 날아가던 공이 순식간에 하늘 높이 튕겨져 나갔다.

깜짝 놀라서 타구를 돌아보니 지금까지 프로에서 맞아본 적이 없을 정도로 큼지막한 타구가 3루 라인을 타고 날아가고 있었다.

―큽니다! 큽니다! 쭉쭉 뻗어 나갑니다! 넘어갔습니다! 4번 타자 한승철! 1회 초부터 만루 홈런을 터트렸습니다! 1회 초 4득점을 올리는 광주 피닉스입니다! 아, 3루심이 파울을 선언합니다! 2루 베이스로 느긋하게 뛰어가던 한승철 선수 인상을 찌푸리며 그대로 멈춰 서서 더그아웃을 바라봅니다. 광주 피닉스 장성열 감독이 직접 움직여 주심에게 다가갑니다. 주심과 3루심 이야기를 나누다 결국 비디오 판독을 하기로 결정 내립니다. 다시 한 번 영상을 확인해보겠습니다.

―음… 지금 각도의 화면상으로는 홈런인 것 같죠?

―하지만 여기서 찍은 카메라에는 파울인 것 같습니다.

―그렇군요. 아무래도 정확하게 분석을 해봐야 할 것 같네요.

"위험했다."

마운드에 올라온 황대훈 선배가 내 어깨를 두드리며 말했다.

맞는 순간 홈런이라고 직감을 할 정도로 타구가 컸다.

내 눈에도 라인을 벗어나지 않은 것처럼 보여 홈런으로 판단했다.

"다음엔 파워 커브를 던져라. 홈플레이트에 맞을 정도로 각이 크게 휘어지는 공으로 던져. 블로킹 확실하게 해줄 테니까."

"예?"

"파울이야. 홈런 아니다."

확신에 찬 황대훈 선배의 말대로 비디오 판독 결과 파울로 판정이 됐다.

만찬을 즐긴 포식자처럼 느릿하게 베이스를 돌던 한승철은 잔뜩 독이 오른 독사처럼 타석에 서서 날 노려보고 있었다.

'파워 커브라⋯⋯.'

확실히 오늘 컷 패스트볼의 제구가 좋지 않았으니 파워 커브를 결정구로 던지는 게 나을 것 같았다.

약속대로 홈플레이트 앞에서 크게 휘어질 정도로 파워 커브를 던졌다.

파울로 판정이 나긴 했지만, 어쨌든 큼지막한 만루 홈런의 손맛을 본 한승철은 다시 한 번 힘차게 배트를 휘둘렀다.

부—웅!

턱! 픽!

허무하게 배트가 허공을 가르고, 공은 홈플레이를 맞고 튀어 올랐다.

미리 준비하고 있었던 황대훈 선배가 안정적으로 가슴으로 블로킹을 했지만, 공이 옆으로 튀며 빠져나가 버렸다.

황대훈 선배가 마스크를 내던지며 다급하게 공을 쫓았고, 동시에 먹잇감을 향해 전력으로 질주하는 맹수처럼 3루 주자인 김지호가 홈을 향해 달려들었다.

나 역시 혹시나 싶어 홈 플레이트 쪽으로 다가서다 황급히 달려가 황대훈 선배가 던져 주는 공을 잡아 지척까지 달려온 김지호를 향해 글러브를 움직였다.

픽! 콰당!

몸으로 밀고 들어오던 김지호와 그걸 막아 선 내가 동시에 뒤로 쓰러졌다.

충돌을 예상했음에도 가슴과 복부가 아릿할 정도로 충격이 컸다.

충격의 고통보다는 주심의 판정이 먼저였다.

주심은 내 글러브에 담겨 있는 공을 확인하고는 주먹을 땅으로 내리꽂았다.

"아웃!"

그 모습을 보며 나 역시 벌러덩 누워 있던 자세 그대로 양팔을 쭉 뻗으며 환호했다.

"괜찮아?"

황대훈 선배가 가장 먼저 다가와 날 걱정스럽게 바라봤다.

확실하게 블로킹을 하겠다고 했음에도 의외의 상황이 벌어지자 황대훈 선배 역시 크게 당황했는지, 미안한 얼굴을 하고 있었다.

선배의 잘못이 아니라는 걸 알기에 나는 괜찮다며 부축하는 손길에 이끌려 천천히 일어났다.

더그아웃에서 송진욱 투수 코치가 달려 나오며 잠시 경기가 중단됐다.

"오늘 게임 정말 안 풀리네……."

블로킹을 준비하고 있었는데도 공이 튀었다.

만루 홈런이 파울로 바뀐 건 행운이라 할 만했지만, 그 외적으로는 여러 가지로 경기가 안 풀리고 있었다.

*　　*　　*

—마운드를 내려가는 차지혁 선수의 얼굴이 그 어느 때보다도 피로해 보입니다. 1회 초, 광주 피닉스를 상대로 26개의 공을 던졌습니다. 무사 만루 상황까지 갔었던 걸 감안하면 결코 많은 공을 던졌다고 할 순 없습니다만, 정신적인 피로감은 상당했을 겁니다.

—무사 만루 상황에서 한승철 타자를 삼진으로 처리하고, 공이 뒤로 빠지는 사이 홈 쇄도를 하던 김지호 주자를 잡아내면서 순식간에 2아웃 상황으로 만들어 위기를 극복하나 했으나, 이후 윤호섭 타자를 상대로 7구까지 가는 접전 끝에 볼넷을 주며 다시 만루 상황에 처했죠. 제가 볼 때, 볼넷을 주지 않는 차지혁 선수가 볼넷을 줬다는 의미는 오늘 제구력에 확실히 문제가 있다는 걸 명확하게 보여준 것 같네요.

—그렇습니다. 차지혁 선수는 오늘 이전까지 있었던 4경기에서 112타자를 상대하는 동안 고작 2개밖에 내주지 않았습니다. 그런데 오늘은 다섯 타자만에 볼넷을 주고 말았습니다. 특히 오늘 컷 패스트볼이 손에서 자꾸 빠지는 모습을 보여주고 있습니다.

—그렇죠. 파울로 판정이 나긴 했지만, 한승철 타자에게 맞았던 공도 포심 패스트볼이 아니라 컷 패스트볼일 가능

성도 있어요. 어쨌든 2사 만루 상황에서 사이먼 데이비 타자를 힘겹게 좌익수 뜬공을 잡아내며 실점을 막기는 했습니다만, 글쎄요. 오늘 경기는 앞서 있었던 차지혁 선수의 경기들과는 확실하게 다를 것 같네요.

―이제 1회 말, 대전 호크스의 공격이 시작되겠습니다.

"몸이 무거운 거냐?"

송진욱 투수 코치가 걱정스러운 표정으로 물어왔다.

"컨디션이 그렇게 나쁜 건 아닙니다."

"그럴 때가 있다. 컨디션이 좋아도 내 마음대로 공을 던지지 못하는 날도 있고, 컨디션이 나빠도 생각 외로 좋은 공을 던질 때가 있지. 투수의 몸은 예민해서 단순히 컨디션만으로 단정 지을 수가 없다."

"그런 것 같습니다."

학창 시절에도 이런 경우가 없었기 때문에 솔직히 당황스러운 건 사실이었다.

내 생각과는 다르게 자꾸만 공이 손끝에서 제대로 채이지 않았다.

평소와 다르지 않게 공을 던지고 있음에도 이러니 솔직히 짜증도 났다.

가장 큰 문제는 무엇이 원인인지 모르니, 해결책을 찾을 수가 없다는 점이다.

"제구력 좋은 투수가 제구가 안 되는 날에는 그날 시합을 망칠 수밖에 없다. 구위가 좋은 투수가 떨어진 구위로 타자를 상대하면 그 역시 난타를 당한다. 지금 네 경우는 어떤 경우냐?"

제구력과 구위.

어느 쪽이 더 문제가 있냐 묻는다면 당연히 제구력이다.

스트라이크 존을 내 마음대로 공략할 수가 없었다.

거기에 오늘은 주심마저 성향이 나와 맞질 않았다. 상당히 빡빡했다.

평소라면 주심 성향에 맞춰서 조금 더 공을 밀어 넣어보겠지만, 지금은 그렇게 정교한 제구력이 따라주지 않으니 어쩔 수 없었다. 자칫 잘못하면 그렇지 않아도 적극적으로 타격을 하는 광주 피닉스의 타자에게 난타를 당할 수도 있었다.

상황이 이렇다 보니 생각보다 볼이 많이 발생하고 있었다.

"제구력이 조금 더 신경 쓰입니다."

구위는 나쁘지 않았다.

나쁘더라도 신경 써서 던지면 억지로라도 끌어올릴 수 있다.

하지만 제구력은 다르다.

어떤 노력을 한다 하더라도 오늘 당장 정상적으로 회복할 수 있는 부분이 아니다.

"그렇다면 구위로 승부를 봐라. 네 구위라면 쉽게 안타를 내주는 일은 없을 테니까. 그리고 오늘 한계 투구수는 90구다. 90개를 넘어가면 곧바로 교체할 테니 그 점을 염두에 두고 투구해라. 내가 봤을 때, 지금 네 상황은 컨디션 문제보다는 체력적인 문제가 더 크다."

"예? 체력은 괜찮습니다만?"

송진욱 투수 코치가 고개를 저었다.

"스스로는 괜찮다 느끼겠지만, 네 공을 보면 안다. 네 체력이 아무리 좋아도 프로 무대에서 꾸준히 로테이션에 맞춰 선발 등판한다는 건 단순히 체력이 좋다고 소화할 수 있는 부분이 아니다. 몸이 적응을 해야 하는데, 넌 지금 적응을 제대로 하지 못했다. 거기에 매 경기 100구가 넘어가는 많은 공을 던졌다는 점도 문제겠지. 사실 이 부분에 있어서는 감독님과 상의한 적이 있었다. 내 마음만 같아서는 100구로 투구 제한을 걸어두고 싶지만, 완봉 페이스의 투수를 무조건 끌어내리기가 쉽지 않았기에 널 지켜봤던 거다. 앞으로도 완봉 페이스의 경기에서는 일부러 널 교체하진 않겠지만, 그 외의 경기에서는 100구 투구 제한을 걸어

둘 생각이다."

　적응을 해야 한다는 말에 최상호 코치와 박호찬 선배가
했던 말이 문득 떠올랐다.

　'타자와 투수, 어느 쪽이 더 체력적인 부담감을 느낄 것
같다고 생각하는지 말해봐라. 사람들은 거의 매일 경기에
나서야 하는 타자들이 더 부담스럽다 여길 테지만, 실제로
체력적인 부담이 더 큰 건 투수 쪽이다. 특히 많은 이닝을
소화해야 하는 선발투수의 경우, 아무리 체력이 좋아도 일
정 간격으로 유지되는 로테이션에 몸이 적응하지 못하면
체력적인 부담감이 커질 수밖에 없다. 투수는 공 하나를 던
지기 위해 온몸의 힘을 발산한다. 그렇게 100번 공을 던지
면 아무리 체력이 좋아도 고갈될 수밖에 없다. 피로는 휴식
을 통해 지울 수 있어도, 몸의 균형과 정력은 단순히 휴식
한다고 회복되는 게 아니다. 그래서 적응이 필요한 거다.
몸이 스스로 일정한 패턴을 반복하며 신체의 균형과 정력
을 회복하는 거지. 투수의 경우 전체적으로 일정한 바이오
리듬을 형성해야 하는데, 그게 하루아침에 완성되는 게 아
니다. 너도 프로에 가면 느끼겠지만, 시간을 두고 차근차근
너만의 바이오리듬을 완성해야 로테이션에 맞춰 꾸준히 몸
상태를 유지할 수 있는 거다.'

'대부분의 투수들은 이십 대 초중반보다 이십 대 후반에 더 쉽게 공을 던지지. 언뜻 생각하면 이해가 가질 않지? 힘이 펄펄 나는 이십 대 초중반의 체력이 더 강한 게 사실이니까. 하지만 실제로 많은 투수가 이십 대 후반에 로테이션을 더 쉽게 소화하지. 패턴이야. 오랜 시간 일정한 패턴을 반복한 투수들의 몸은 알아서 그렇게 조절이 되거든. 이건 직접 경험해 봐야 아는 부분이라 더 이상의 설명은 어려워. 지혁이 너도 곧 알게 될 거다. 체력은 얼마든지 혼자 만들어 낼 수 있는 부분이지만, 투수의 몸은 차근차근 만들어야 하는 부분이다. 그러니 되도록 꾸준히 로테이션을 소화해라. 선발투수의 몸이 되도록 만들어야 한다.'

당시에는 무슨 뜻인지 제대로 알아듣지 못했다.

그런데 오늘 확실하게 이해가 갔다.

오늘 컨디션과 체력에는 크게 문제가 없었다.

그런데 몸이 미묘하게 틀렸다.

원인도 없었고, 해결책도 없었다.

"선발투수가 2, 3점 실점한다고 비난하는 사람은 없다. 부담 없이 자신 있게 구위로 승부를 해라."

송진욱 투수 코치는 그렇게 말을 하고는 내 어깨를 툭툭 두드리곤 감독에게로 향했다.

4경기 무실점.

내가 무실점, 평균자책점 0점에 집착을 하고 있었을까?

일부러 의식을 하진 않았겠지만, 어느 정도 염두에 두고 있었을지는 모른다.

내가 아무리 화려한 커리어를 완성하고 싶다 하더라도 시즌 내내 평균자책점 0점을 기록한다는 건 말도 안 되는 허황된 꿈이다.

연속 안타를 맞지 않아도 홈런 한 방만 맞아도 끝이다.

내가 과연 시즌 내내 그 어떤 타자에게도 홈런을 허용하지 않을까?

그 역시 말도 안 되는 소리다.

난 고졸 신인 투수다.

다른 고졸 신인 투수들처럼 비슷한 성적을 기록하고 싶은 마음은 없었지만, 역대 최고의 성적을 거두고 싶은 건 사실이다.

고졸 신인 투수가 프로 첫 시즌에서 20승에 평균자책점 1점 대만 유지해도 거의 깨지지 않을 기록으로 남을 것이 분명하다.

"후우……."

깊게 숨을 토해내며 왼손을 쥐었다 폈다를 반복했다.

오늘 제구력보다는 구위로 승부를 보라는 송진욱 투수 코치의 말대로 마운드에서 공을 던진다.

1회에 너무 많은 공을 던졌다.

26개나 던졌으니 앞으로 내가 던질 수 있는 여유분의 공은 64개뿐이다.

공격적인 투구 스타일은 변하지 않는다.

그것마저 버리면 그건 더 이상 내가 아니게 된다.

이럴 때는 칠 테면 마음껏 쳐보라는 식으로 던져 준다.

내 공에 대한 확신과 자신감이 없으면 절대 던질 수 없다.

마운드에 서는 투수는 절대적이라 해도 좋을 정도로 자신의 공에 대한 믿음을 가지고 있어야 한다.

두려워하거나, 피하거나, 요행을 바라면 절대 안 된다.

그건 정면으로 승부를 해오는 타자에 대한 예의 또한 아니다.

"아! 아쉽다!"

"아우! 그게 잡히네!"

"꼭 이런 날에는 바람도 안 불어요!"

장태훈 선배의 타구가 펜스 바로 앞에서 중견수에게 잡혔다.

타구가 날아가는 순간 모두 벌떡 일어나서 더그아웃 밖

으로 고개를 내밀었던 선수들이 아쉬운 탄성을 내질렀다.

"야수들! 확실하게 수비해!"

수비 코치가 평소보다 큰 목소리로 글러브를 챙겨드는 야수들에게 소리쳤다.

조영천 수비 코치 곁에는 송진욱 투수 코치가 나란히 서 있었다.

이건 야수들에게만 하는 소리가 아니다.

나에게도 하는 말이다.

수비를 믿고 자신 있게 공을 던지라는 뜻이다.

몸을 일으켜 마운드로 향하자 1회의 아슬아슬했던 투구에도 불구하고 홈 관중들이 크게 환호성을 내질러 줬다.

"차지혁! 차지혁!"

열광적으로 내 이름을 부르며 응원을 하는 팬들에게 내가 보여줄 수 있는 게 뭘까?

노련미 넘치는 베테랑 투수의 타자와의 수 싸움?

정교한 제구력을 바탕으로 타자를 요리하는 모습?

화려한 변화구로 무장한 현란함?

팬들이 무엇을 원하든, 지금까지 보여주지 않았던 걸 보여준다.

고졸 신인 투수만이 가질 수 있는 호전적인 투구!

베테랑 타자를 상대로 절대 물러나지 않고 젊은 패기!

오늘만큼은 기교가 넘치는 사냥꾼이 아니라, 맹수를 상대로 같은 맹수처럼 달려드는 거침없는 사냥꾼의 모습을 보여준다.

마운드에 올라서서 로진백을 손바닥 위에 올려놓고 장난치듯 던졌다.

새하얀 분말가루가 허공에서 연기처럼 흩날렸다.

팡팡!

"던져!"

황대훈 선배가 포수 미트를 치며 외쳤다.

송진욱 투수 코치에게 어떤 말을 들었는지, 평소보다 힘 있는 목소리로 외쳤다.

대전 호크스의 주전 포수인 황대훈 선배는 여러모로 부족한 점이 많은 선수였다.

리드도 뛰어난 편이 아니고 타격도 평균 이하였으며, 블로킹이나 송구도 딱히 평균 이상이라고 부르긴 힘들었다.

그러나 한 가지 장점은 있었다.

믿음.

투수가 마운드에서 마음껏 공을 던질 수 있게 만드는 믿음이 있었다. 자신의 고집을 부리지 않고 투수가 원하는 방향대로 믿고 던질 수 있도록 만들어 주는 정신적인 믿음이 황대훈 선배의 가장 큰 장점이다.

쇄애애애액!

퍼엉!

"좋아! 좋아!"

제구력에 신경을 쓰지 않으니 확실히 구위가 한층 좋아졌다.

연습 투구가 끝나자 타석에 타자가 들어섰다.

국내 10개 구단 중 가장 강력한 하위 타선을 보유한 광주 피닉스의 7번 타자 이준태.

빠른 배트 스피드로 빠른 볼에 강점을 지니고 있었지만, 파워가 부족해서 시즌 내내 10개의 홈런을 넘겨본 적이 없는 타자다.

우선 1구로 포심 패스트볼이다.

한가운데만 아닌, 스트라이크 존에만 넣으면 된다는 생각으로 힘껏 공을 던졌다.

쇄애애애액!

딱!

역시나 1회처럼 초구부터 적극적으로 배트를 휘두르라는 작전이 유지되고 있는 듯했다.

하지만 배트가 밀리면서 타구는 힘없이 2루수인 정현우 선배의 앞으로 굴러갔고, 안정적인 캐치와 송구로 이어지며 1구만으로 1아웃을 만들어냈다.

왼손을 주무르며 더그아웃으로 돌아가는 이준태의 모습이 유독 눈에 크게 들어왔다.

광주 피닉스의 8번 타자는 이동경으로 주전 포수로서 파워는 있었지만 정교함이 떨어졌다.

낮게 던지자는 생각으로 역시나 포심 패스트볼을 던졌다.

퍼엉!

미트에 박혀 들어가는 파열음이 천둥처럼 들렸다.

"스트라이크!"

주심의 선언과 함께 관중들의 환호성이 터져 나왔다.

전광판을 바라보니 156㎞가 찍혀 있었다.

오늘 경기에서 가장 빠른 구속이었다.

타석에 서 있는 이동경의 눈초리가 매서웠다.

배트를 꽉 비틀어 쥔 모습이 한 방 시원하게 날려 버리고 말겠다는 욕심이 보였다.

치겠다면 줘야지.

어차피 오늘은 구위로 타자를 찍어 누르기로 한 날이잖아.

와인드업을 하며 포수 미트를 향해 공을 뿌렸다.

딱!

"마이 볼!"

3루수 메이슨 발레타가 자신 있게 소리치며 내야에 높이 뜬 공을 쉽게 잡아냈다.

"차! 오늘 공 죽이는데?"

메이슨 발레타가 나를 향해 눈을 찡긋거렸다.

희미하게 웃어주고 다음 타자를 상대했다.

9번 타자 백성홍 역시 2구만에 내야 땅볼로 아웃이 되고 말았다.

1회 26개나 던져 아웃 카운트를 잡았던 것과는 비교가 될 정도로 2회에는 고작 5개만 던져서 이닝을 마무리했다.

관중들의 박수 세례를 받으며 더그아웃으로 들어갔고, 송진욱 투수 코치가 잘했다며 어깨를 두드려줬다.

*   *   *

"저 자식, 장난 아니네."

임태현은 마운드에서 거침없이 공을 던져대는 상대 팀 선발투수, 차지혁을 바라보며 혀를 내둘렀다.

오늘 광주 피닉스의 타격 작전은 간단했다.

초구부터 과감하게 자기 스윙을 해라.

선발투수인 차지혁은 공격적인 피칭으로 극단적일 정도로 스트라이크 비율이 높았기에 대다수의 공이 스트라이크

존으로 들어온다 여기고 힘껏 배트를 휘두르는 게 감독의
작전이었다.

1회 선두 타자인 김지호부터 작전이 들어 먹혔다.

이후, 행운의 안타와 기습 번트까지 이어지며 4경기 35이
닝 동안 무실점을 기록하고 있는 차지혁을 상대로 무사 만
루의 더할 나위 없는 기회를 만들었다.

결과적으로는 무사 만루 상황에서 1점도 점수를 내지 못
하면서 기회를 날려 버렸지만, 오늘 경기의 승부는 자신들
에게 확실하게 유리하다고 생각했다.

컨디션이 좋지 않은지 제구력도 이전 경기들보다 떨어졌
다.

거기에다 오늘 심판인 양수혁 주심은 스트라이크 존이
짜기로 유명했다.

여러 가지로 광주 피닉스 타선에 도움이 될 일이었다.

그런데 2회 초 공격부터 상황이 변했다.

"무식하게 집어넣는데… 저걸 못 날리겠단 말이야."

박성훈이 인상을 찌푸리며 중얼거렸다.

"구위가 좋아도 너무 좋아."

임태현은 3회 초 타석에서 배트가 밀렸던 상황을 떠올렸
다.

묵직해도 너무 묵직했다.

국내 투수 중에서는 저 정도의 구위를 낼 수 있는 투수가 다섯 손가락도 넘지 못했다.

"저건 뭐… 돌직구를 뛰어넘는 강철직구네."

누군가의 말에 임태현은 자신도 모르게 고개를 끄덕였다.

동시에 머릿속에서 한 사람의 투수가 떠올랐다.

레럴 페이루.

샌프란시코 자이언츠의 에이스 투수인 레럴 페이루가 던지는 포심 패스트볼의 구위가 오늘 차지혁이 보여주는 것과 아주 흡사했다.

2년 전, IBAF 챔피언스 리그에서 맞붙었던 샌프란시스코 자이언츠의 에이스 레럴 페이루는 알고도 칠 수 없는 포심 패스트볼로 광주 피닉스 타선을 완벽하게 잠재워 버렸다.

당시 임태현도 3타수 무안타로 내야 땅볼과 내야 뜬공으로 허무하게 아웃되고 말았었다.

작정하고 배트를 휘둘렀음에도 불구하고 밀렸다.

빠른 구속에 상당히 묵직한 구위까지 얹혀진 레럴 페이루의 포심 패스트볼은 타자에게 있어 살인무기 그 자체였고, 이게 바로 메이저리그 에이스의 공이라는 걸 확실하게 보여줬다.

그런데 오늘 차지혁의 포심 패스트볼에서 레럴 페이루의

살인무기가 떠올랐다.

딱!

"또 떴다."

타구가 적당한 높이로 떠올랐다가 유격수 글러브 안으로 쏙 들어갔다.

"정말 대단한 놈이네. 제구가 안 되니까 힘으로 기를 죽이네."

박성훈이 고개를 저으며 글러브를 들고 모자를 고쳐 썼다.

"1회에 어떻게든 점수를 냈어야 했는데……."

임태훈은 작게 중얼거리며 글러브를 집어 들었다.

1회 무사 만루 상황에서 어떻게든 점수를 내면서 차지혁을 완전히 흔들어 놨어야 했다.

어느덧 6회 말이 되었지만, 차지혁은 더욱더 펄펄 날고 있었다.

*　　　*　　　*

─차지혁 선수 대단합니다! 1회 26개의 공을 던지며 무사 만루의 위기까지 몰렸었습니다만, 2회부터는 광주 피닉스 타선을 꽁꽁 묶어두고 있습니다. 강영수 해설위원께서

는 지금까지의 차지혁 선수의 투구에 대해서 어떻게 평가를 하십니까?

—차지혁 선수는 어째서 투수의 구위가 중요한지를 증명하고 있네요. 2회부터 차지혁 투수는 이전까지의 정교한 제구력 위주가 아닌 구위 위주로 스트라이크 존으로 공을 던지고 있죠. 지금까지 던진 구종별로 포심 패스트볼이 54구, 컷 패스트볼이 13구, 파워 커브가 11구로 압도적일 정도로 포심 패스트볼의 비율이 높아요. 스트라이크와 볼의 비율도 극단적일 정도로 스트라이크 존을 통과하는 공이 많죠. 그럼에도 불구하고 2회부터 고작 4개의 안타밖에 뽑아내지 못하고 있다는 건 그만큼 포심 패스트볼의 구위가 타자들을 압도하고 있다는 뜻이죠.

—소위 알고도 못 친다는 뜻 아니겠습니까?

—그렇죠. 우선 오늘 차지혁 선수의 포심 패스트볼은 평균 구속이 155㎞일 정도로 굉장히 빠르죠. 이 정도의 빠른 강속구를 안타로 만들어내려면 그만큼 빠른 배트 스피드와 파워를 갖추고 있어야 하는데… 광주 피닉스 타자들의 타구를 보면 아시겠지만 대다수가 내야를 벗어나지 못하고 있죠. 명백하게 힘에서 압도당하고 있다는 뜻으로 볼 수 있겠죠.

—거기에 오늘 5개의 삼진을 잡고 있는 차지혁 선수의 결

정구는 모두 파워 커브였습니다. 오늘 경기 이전까지만 하더라도 차지혁 선수는 스트라이크 존을 걸치고 지나가는 정교한 제구력을 가진 파워 커브로 삼진을 잡았습니다만, 오늘은 모두 바운드가 될 정도로 큰 낙차의 커브를 구사하고 있지 않습니까? 이 점이 광주 피닉스 타자들에게는 또 대단히 신경 쓰이는 일이 아니겠습니까?

―그럼요. 차지혁 선수의 파워 커브는 국내 모든 투수를 통틀어 가장 빠른 구속을 자랑하죠. 오늘도 여전히 빠른 구속의 파워 커브를 구사하고 있는데, 다른 점이라면 제구가 제대로 이뤄지지 않는 볼을 던지고 있음에도 적극적인 자세로 공격을 해오는 광주 피닉스 타선으로 인해 유인구로서 아주 훌륭한 역할을 하고 있다는 점입니다.

―무엇보다 오늘 차지혁 선수의 투구 모습은 정말 시원시원한 것 같아서 제 가슴이 다 뻥 뚫리는 기분입니다.

―신인 투수다운 패기 넘치는 투구라고 할 수 있겠죠.

78구. 남은 공은 12구.

이변이 없다면 7회가 마지막 이닝이 될 가능성이 컸다.

더 던지라고 한다 하더라도 이제는 슬슬 힘이 빠지고 있었기에 무리할 이유가 없었다.

다만 아쉬운 점이라면 아직 0 : 0의 팽팽한 균형이 유지되고 있다는 사실이다.

광주 피닉스의 선발투수 양동호는 3년 전부터 광주 피닉스의 에이스로 평균 16승 이상을 꾸준히 달성해 주고 있는 좋은 투수다.

오늘도 대전 호크스를 상대로 아주 훌륭하게 마운드를 지켜내고 있는 중이었다.

따악!

맑고 경쾌한 타격음과 함께 타구가 그대로 펜스를 직격했다.

메이슨 발레타는 빠르지 않은 주력으로 2루까지 죽기 살기로 뛰어 헤드퍼스트 슬라이딩(Headfirst slide)까지 해가며 2루타를 만들어냈다.

2루 베이스를 밟고 서서 전쟁에서 승리한 병사처럼 양손을 번쩍 들며 포효하는 모습이 재밌게 보였다. 물론, 광주 피닉스 입장에서는 짜증 나겠지만.

무사 2루 상황에서 장태훈 선배가 타석에 자리를 잡았다.

타율은 0.286에 홈런 5개를 기록 중인 장태훈 선배는 올 시즌 부활에 성공하는 것이 아니냐는 기분 좋은 예측들이 주를 이루고 있었다.

무엇보다 백유홍 감독이 용병 타자인 그랜트 커렌과 번

갈아가며 지명 타자로도 출전을 시켜주고 있었기에 장태훈 선배로서는 타격에만 집중할 수 있는 날들이 더 많기도 했다.

양동호는 메이슨 발레타에게 2루타를 허용하고 나자 굳은 표정으로 장태훈 선배에게 공을 던졌다.

1구는 낮은 볼, 2구는 높은 볼, 3구는 낮은 스트라이크, 4구는 몸 쪽 스트라이크를 던지며 2스트라이크 2볼 상황을 만들었다.

유인구냐, 승부구냐의 갈림길에서 양동호가 선택한 건 유인구였고, 장태훈 선배는 스크라이크 존 외곽을 살짝 빠져나가는 슬라이더를 힘들이지 않고 그대로 밀어 쳤다.

1루 라인을 타고 외야 깊은 곳까지 굴러가는 타구로 인해 2루에 있던 메이슨 발레타가 홈으로 들어왔고, 장태훈 선배가 다시 2루까지 나가며 대전 홈 팬들의 열광적인 환호성을 받았다.

"발레타 나이스!"

"2루타 굿굿!"

더그아웃으로 들어오는 메이슨 발레타를 향해 선수들이 하이파이브를 했고, 그 대열에 나 역시 손을 내밀고 있었다.

"헤이~ 차! 오늘도 승리투수가 되라고!"

나를 향해 하얀 치아를 드러내며 웃는 메이슨 발레타의
모습에 고개를 끄덕였다.

　이후 5번 타자 그랜트 커렌이 우익수 앞에 떨구는 단타로
1, 3루 상황을 만들었다.

　6번 김추곤 선배가 유격수 땅볼로 병살타를 만들고 말았
지만, 3루에 있던 장태훈 선배가 득점에 성공하며 6회 말
공격에서 2점을 냈다.

　2점 차 리드 속에서 7회 초, 마운드를 지키기 위해 더그
아웃을 빠져나왔다.

　7회 초, 광주 피닉스의 타선은 7번 타자 이준태부터 시작
됐다.

　초구는 과감하게 한가운데 포심 패스트볼을 던졌다.

　154km의 구속이 확실하게 힘이 빠졌다는 걸 알려주고 있
었다.

　2구로는 스트라이크 존을 통과하는 컷 패스트볼을 던졌
는데 이준태의 배트가 공 아래를 타격하며 3루 선상을 타고
빠르게 날아갔다.

　딱!

　—와아아아아!

　메이슨 발레타가 라인을 타고 빠져나가는 공을 믿겨지지

않을 정도로 유연하게 몸을 날리며 잡아냈다.

바닥에 깔았던 몸을 벌떡 일으키며 총알 송구로 1루를 향해 달리던 이준태를 잡아냈다.

엄청난 호수비에 나는 메이슨 발레타를 향해 글러브 박수를 보내줬고, 그는 손가락 하나를 세워 흔들며 씨익 웃었다.

안타라 여겼던 공이 호수비에 걸려 아웃 당하자 광주 피닉스의 분위기가 더욱 가라앉았다.

그런 상황에서 타석에 들어선 8번 타자 이동경은 나를 잡아먹을 것 같은 눈으로 노려보고 있었다.

오늘 이동경이 나를 상대로 한 일이라고는 내야 뜬공과 삼진밖에 없었다.

퍼엉!

"스트라이크!"

초구로 포심 패스트볼로 바깥쪽 스트라이크를 던져 주고, 2구로는 무릎보다 아래로 떨어지는 포심 패스트볼을 던졌다.

볼이 되어야 할 공을 이동경이 스윙을 하면서 고맙게도 공 2개로 2스트라이크 노볼 상황을 만들 수 있었다.

타임을 외치고 타석에서 벗어나 배팅 장갑을 다시 한 번 풀었다 조이는 이동경이었다.

타자 박스 바닥 흙을 스파이크로 정성스럽게 고르는 준비 과정이 너무 길게 느껴졌다.

타석에 들어설 때나 할 행동을 뒤늦게 하는 이동경의 모습에 살짝 짜증이 났다.

'몸 쪽으로 바짝 붙이는 포심 패스트볼?'

황대훈 선배도 이동경의 행동이 신경 쓰였는지 위협구에 가까운 공을 요구해 왔다.

다른 때라면 그대로 던졌을 공이었지만 오늘은 제구가 마음대로 이뤄지지 않았기에 고개를 저었고, 황대훈 선배도 내 상황을 이해했는지 바운드성 파워 커브 사인을 줬다.

오늘 삼진을 잡는데 효자 노릇을 하고 있는 파워 커브였다.

광주 피닉스 타자들이 적극적으로 타격을 해오는 바람에 생각 외로 큰 효과를 보고 있는 중이었기에 이번에도 기대감을 갖고 자신 있게 공을 던졌다.

부—웅!

배트가 허공을 갈랐고, 홈 플레이트를 맞고 튀어 오른 공을 황대훈 선배가 재빨리 주워서는 이동경을 태그아웃 시켰다.

연속으로 삼진을 당하자 이동경은 더그아웃으로 들어가기가 무섭게 헬맷을 집어던지며 신경질을 부려댔다.

그러거나 말거나 나는 마지막 타자라 할 수 있는 백성홍을 상대로 4구만에 삼진을 잡아내며 길고도 힘들었던 5번째 선발 등판 경기를 마칠 수 있었다.

2 : 0이라는 넉넉하지 못한 점수 차이에서 마운드를 불펜으로 넘겼고, 8회 1실점을 했지만, 올해부터 마무리로 마운드를 책임지고 있는 안주민 선배가 9회를 깔끔하게 막아내면서 2 : 1의 아슬아슬한 승리를 챙길 수 있었다.

선발투수로 등판해 7이닝, 7피안타, 7탈삼진을 기록했다.

다른 경기에 비해 피안타가 많았지만, 다행스럽게도 실점으로 이어지진 않았기에 나쁘다고 할 만한 경기 내용은 아니었다.

1회 초만 하더라도 오늘 경기가 제대로 꼬일 거라 여겼던 것이 송진욱 투수 코치의 조언으로 인해 완전히 풀릴 수 있었다.

—차지혁 선수, 오늘 승리투수가 되신 걸 진심으로 축하드립니다. 오늘 승리로 5승을 챙기셨고, 현재 다승 1위 자리를 확실하게 지키게 되었습니다. 소감 부탁드립니다.

"오늘 투구 내용은 확실하게 제가 신인 투수라는 걸 느낀 경기였습니다. 1회부터 위기 상황에 처했고, 운이 좋게도 무사히 넘길 수 있었습니다. 무엇보다 1회를 마치고 오늘 경기를 어떻게 풀어나가야 할지 고민하고 있을 때, 송진욱 투수 코치님께서 조언을 해주셨습니다. 송진욱 투수 코치님의 조언이 아니었다면 오늘 승리는 결코 없었을 겁니다. 오늘 승리는 송진욱 투수 코치님 덕분입니다. 코치님 감사합니다."

모자까지 벗어 정중하게 카메라를 향해 고개를 숙여 인사했다.

이후 이런저런 인터뷰가 이어졌고, 언제나처럼 담담하게 단답형의 대답만을 했다.

그리고 인터뷰가 끝나고 카메라 불이 꺼지자, 아나운서가 나에게 작게 속삭였다.

"차지혁 선수, 오늘 경기 정말 멋졌어요."

나에게 속삭이듯 말을 한 아나운서는 엊그제까지 인터넷을 시끄럽게 만들었던 김하연 아나운서였다.

"네. 감사합니다."

혹시라도 나를 주시하고 있을 기자들에게 좋은 먹잇감이 되기 싫어 간단하게 인사를 하고 몸을 돌릴 때였다.

"여기 사인 좀 부탁드려도 될까요?"

김하연 아나운서가 깨끗한 야구공 하나를 내게 건넸다.

굳이 사인을 거부할 이유가 없었기에 곧바로 사인을 해

주었고, 김하연 아나운서는 고맙다며 살짝 웃었다.

"다음 경기도 기대할게요."

"네."

서둘러 자리를 피했지만, 역시 그날도 내 승리와 함께 야구공에 사인을 해주는 내 모습과 사인볼을 받아들고 좋아하는 김하연 아나운서의 모습이 인터넷에 대문짝만하게 찍혀 기사화되어 있었다.

"야! 사인을 왜 해! 으이구, 이런 바보가! 그렇게 당하고도 또 당하고 싶어서 사인을 해줬어? 솔직히 말해 봐. 이 할망구 좋아해? 그런 거야? 어디 여자가 없어서 이런 노인네를 좋아하는 거야! 젊고 싱싱한 여자들이 눈에 안 들어와? 차라리 내 친구 중 괜찮은 애 소개시켜 줘? 이 여자 소문이 얼마나 더러운지 알기나 하는 거야!"

그날 저녁, 지아는 내 방에 들어와 무려 1시간 가까이 날 비난하고는 제 방으로 돌아갔다.

정말이지 여러 가지로 힘든 하루였다.

Chapter 6

"차지혁 선수 기록입니다."

김태열 팀장이 건네주는 파일을 열어본 유정학 단장은 할 말이 없다는 듯 고개를 저었다.

고졸 신인 투수가 개막전 선발부터 시작해서 5경기 모든 선발 경기를 승리했다.

더 놀라운 사실은 5경기 연속 무실점이라는 점과 그중 3경기는 완봉승을 거뒀다는 사실이다.

아직 놀라기엔 이르다는 듯 김태열 팀장이 추가 설명을 시작했다.

"보시면 아시겠지만, 현재 차지혁 선수는 3가지 기록에 도전을 하고 있습니다."

"3가지 기록이라고요?"

유정학 단장은 다시 한 번 자료를 확인했다.

하나는 확실하게 알 것 같았다.

"하나는 알겠군요. 최다 이닝 무실점 기록 아닙니까?"

"맞습니다. 현재 차지혁 선수는 42이닝 무실점 기록 중입니다. 종전 최고 기록은 2012년에 광주 피닉스의 선발투수 서용재 선수가 7경기 동안 기록한 45이닝 무실점 기록입니다. 앞으로 3이닝이면 타이기록을 세우게 되고, 4이닝이면 새로운 신기록을 세우게 됩니다."

"제가 알기로 최고 기록은 선동영 선수의 49이닝 아닙니까?"

"한국 최고 기록은 1986년과 1987년에 걸쳐 광주 피닉스의 선동영 선수가 세운 49.2이닝이 맞습니다. 하지만 선동영 선수는 당시 선발과 구원을 오가며 세운 기록입니다. 순수하게 선발로만 등판해서 세운 기록으로는 서용재 선수의 45이닝이 최장기 기록입니다."

김태열 팀장의 자세한 설명에 유정학 단장은 어처구니가 없다는 표정을 지었다.

고졸 신인 투수가 데뷔와 동시에 한국 최고 기록을 갈아치워 버릴 판이었다.

이건 도저히 말이 되질 않았다.

그나마도 서용재 선수는 7경기에 걸쳐 45이닝을 채웠다.

그런데 차지혁은 고작 6경기 만에 기록을 세워 버릴 가능성을 가지고 있었다.

"다른 두 기록은 뭡니까?"

"단일 시즌 최소 경기 100탈삼진 기록과 역대 최연소 100탈삼진 기록입니다."

"아!"

이 기록이라면 유정학 단장도 잘 알고 있는 기록이다.

바로 대전 호스크가 배출한 최고의 투수, 유혁선의 기록이기 때문이다.

"유혁선 선수의 기록이죠?"

"그렇습니다. 우선 단일 시즌 최소 경기 100탈삼진은 2012년 유혁선 선수가 12경기 만에 100개의 탈삼진을 기록했고, 최연소 100탈삼진 기록 또한 유혁선 선수로 당시 만 19세 2개월 24일이었습니다. 보시는 바와 같이 현재 차지혁 선수는 5경기에서 58개의 탈삼진을 기록하고 있으며, 생일도 10월 16일생이라 아직 만으로 19세도 되지 못했습니다. 제 예상으로는 최소 12경기 이전까지 100개의 탈삼진 기록을 세울 것으로 예상되니, 로테이션 등판 날짜를 따져

본다면 늦는다 하더라도 대략 10번째 선발 등판일인 5월 31일이나 11번째 등판일인 6월 5일 이전에는 기록을 세울 가능성이 큽니다. 그렇게 되면 최소 경기와 역대 최연소 기록을 한꺼번에 세우게 됩니다."

"그렇군요."

유정학 단장은 더 이상 할 말이 없었다.

문득, 국내 프로 야구가 이렇게 호락호락했었나 싶은 마음도 들었다.

하지만 차지혁이 가지고 있는 스펙을 떠올린다면 국내의 수준이 낮다기보단 차지혁의 수준이 워낙 높다 보는 게 옳았다.

'메이저리그에서도 욕심을 냈던 선수였으니.'

더 이상 무슨 설명이 필요할까?

메이저리그 구단에서도 수천만 달러를 보장했던 선수가 국내에 남았으니 어찌 보면 지금의 기록은 당연한 결과물일지도 몰랐다.

그렇다고 당장 메이저리그의 에이스 투수가 국내로 온다고 차지혁과 같은 기록을 낼까?

그건 또 다른 문제다. 그러나 다른 국내의 투수들보다는 가능성이 높다는 건 인정해야 한다.

이런 생각을 하던 유정학 단장은 이윽고 고개를 흔들었다.

차지혁이 어떤 기록을 세우든, 중요한 건 현재 차지혁으로 인해 자신의 처지가 상당히 난처해졌다는 사실이다.

"12월이 되면 몇 개나 되는 구단에서 협상을 진행해 올 것 같습니까?"

김태열 팀장은 여전히 얼음인간처럼 무표정한 얼굴로 대답했다.

"현재만 하더라도 절반에 가까운 메이저리그 구단이 협상에 뛰어든 상태입니다. 차지혁 선수가 큰 부상을 당하지 않는 이상, 연말에는 대부분의 메이저리그 구단에서 차지혁 선수의 YJ에이전시에 접촉할 것으로 보시면 됩니다."

한 선수를 잡기 위해 모든 구단이 나선다?

듣도 보도 못 한 일이다.

"재계약은… 힘들겠지요?"

유정학 단장의 물음에 김태열 팀장이 대답할 필요도 없다는 듯 입을 다물었다.

차지혁과의 재계약.

아니, 정확하게는 계약 내용 변경이다.

현재 대전 호크스의 모기업인 태광그룹에서 무슨 수를 써서라도 차지혁과 계약 내용을 변경하라는 지시가 떨어진 상태였다.

무슨 뜻이냐면 차지혁을 350억이라는 헐값에 팔지 말라는 소리다.

처음 차지혁과 계약을 할 때만 하더라도 태광그룹은 차지혁의 바이아웃 금액에 신경도 쓰지 않았다.

고졸 신인 선수를 350억에 팔 수 있다면 그것만으로도 충분했다 여겼다.

그런데 데뷔전과 동시에 돌풍과 광풍을 일으키고 있는 차지혁의 몸값 350억은 너무 낮다는 이야기가 모기업 임원들에게서 흘러나왔고, 실제로도 메이저리그 구단은 물론 일본 구단에서도 적극적으로 이적 협상에 달려드니 바이아웃 금액을 높이라는 지시가 떨어진 거다.

유정학 단장 입장에서는 말도 안 되는 소리였다.

이미 계약서에 도장을 찍었다.

계약 내용을 변경하려면 선수와 에이전시의 동의를 얻어야 하는데, 동의를 해줄 리가 없었다.

그런 사실을 모기업에 전달했음에도 막무가내였다.

최소 600억.

모기업에서 책정한 차지혁의 바이아웃 금액이다.

유정학 단장으로서는 현재 그 문제로 인해 머리가 지끈거릴 정도였다.

"방법이 없겠습니까?"

유정학 단장의 물음에 김태열 팀장은 고개만 저었다.

이건 불가능한 일이다.

당장 바이아웃 금액을 350억에서 모기업이 바라는 대로 600억으로 올리면 메이저리그 구단들의 원성이 엄청나게 커진다.

무엇보다 이적료의 25%를 수령하는 차지혁 선수 본인에 게도 악영향을 미칠 일이다.

돈에 눈이 멀었다는 비난을 피할 수가 없게 된다.

더불어 낮은 바이아웃 금액으로 인해 모든 메이저리그 구단과의 관계를 좋게 쌓아나가고 있는 YJ에이전시로서도 미치지 않고서야 자신들과 선수의 평가를 하락시킬 이유가 전혀 없었다.

"후우……."

모기업에서는 극단적으로 계약 내용을 변경하지 않으면 차지혁의 선발 출전 자체를 제한하라는 최악의 방법까지 제시하고 있었다.

이 역시도 모기업의 미친 짓에 불과했다.

이미 차지혁은 자신의 가치를 충분하다 못해 넘치도록 증명하고 있었다.

출전 제한을 한다고 그의 가치를 낮게 평가할 곳은 어디에도 없었다.

오히려 소모품인 어깨를 보호하며, 선수 스스로도 충분

한 휴식을 취할 수 있으니 이적 협상을 준비 중인 메이저리그 구단들 입장에서는 쌍수를 들고 환영할 일이다.

반대로 메이저리그 구단들은 차지혁이 너무 많이 선발로 등판할 것을 걱정하고 있는 입장이었다.

'멍청한 인간들!'

모기업의 임원들은 야구를 모른다.

그들은 오직 돈만 안다.

야구가 좋아서, 야구를 사랑하고 발전시키기 위해서 구단을 인수하고 운영하는 게 아니다.

기업 이미지를 쌓기 위해 야구 구단을 운영할 뿐이다.

더불어 상당한 액수의 이익도 내고 있었으니 알토란 같은 광고 활동이라 보면 된다.

그런데 기업이다 보니 의외의 수익에 욕심을 부리기 시작한 거다.

하긴, 당장 350억이라는 이적료를 아무렇지도 않게 지불하겠다며 선수와 이적 협상을 하겠다고 일방적으로 통보해 오는 메이저리그 구단이 열을 넘어가니 누구라도 욕심을 부리지 않을 수가 없을 거다.

'그래도 안 되는 건 안 되는 거지.'

차라리 기업 이미지를 생각해서 최대한 차지혁으로 광고 효과를 보는 쪽이 이득이고, 보기에도 좋아 보인다.

되지도 않는 욕심을 부려봐야 기업 이미지와 구단 이미지만 시궁창으로 빠트린다.

"제가 한마디 드려도 되겠습니까?"

김태열 팀장이 침묵을 깨고 입을 열었다.

유정학 단장으로서는 무슨 말이라도 좋으니 얼른 해보라는 듯 고개를 끄덕였다.

"무시하십시오. 모기업 임원들의 말은 나 몰라라 무시하시고, 올 시즌 가을에도 야구를 할 수 있도록 여름 트레이드 시장에서 총력을 다하시는 게 단장님이 사는 길입니다. 프로 야구 구단은 대전 호크스를 제외하고서라도 9곳이나 됩니다. 차지혁 선수와 계약을 이끌어내고, 10년 넘게 하위권을 맴돌던 팀을 가을 야구판에 넣고, 최고의 선수를 최고의 리그로 이적 보내면 그것만으로도 단장님은 어디서라도 탐을 내는 단장이 됩니다. 말도 안 되는 억지를 부리는 모기업의 임원들의 개소리 따윈 신경 쓸 필요가 없습니다."

"……."

유정학 단장은 김태열 팀장의 과격한 말에 멍하니 그를 바라봤다.

그러고는 한참 만에 목청껏 웃음을 터트렸다.

"하하하! 김 팀장이 그런 말을 할 줄은 몰랐군요. 좋습니다! 김 팀장의 말처럼 그렇게 하겠어요. 대신 김 팀장도 나를 전력으로 도와줘야 합니다."

"그게 제가 하는 일입니다."

"그렇죠. 하하하! 그럼, 당장 무엇부터 하는 게 좋겠습니까?"

"당장 여름 트레이트 시장에서 부족한 포지션의 선수들을 얻어야 합니다."

"생각해 놓은 선수들이 있습니까?"

"우선 1순위로⋯⋯."

*　　　*　　　*

"오빠! 다른 건 몰라도 팬레터는 좀 읽어! 인터넷이 발달한 이 시대에 이렇게 손수 한 장의 팬레터를 쓰기 위해 얼마나 많은 고민을 하고 시간을 들였겠어? 오빠가 힘들게 연습했는데 그걸 감독이나 코치들이 봐주지도 않는다고 생각해 봐. 기분 좋겠어?"

아침을 먹고 훈련장으로 가려는 내 앞을 지아가 막아섰다.

내가 뭐라고 대답하기도 전에 지아는 큼지막한 쇼핑백을 내 손에 떠넘기고는 신발을 신었다.

"엄마! 나 학교 갈게!"

조심히 잘 다녀오라는 어머니의 인사를 받으며 지아는 마지막으로 손가락으로 쇼핑백을 가리키고는 작은 주먹을 들어보였다.

"다 읽어! 성의를 생각하란 말이야, 성의를! 하여간 인간이 야구만 잘했지 인간이 덜됐어! 하긴, 너 같은 인간이 아날로그적 감성을 알기나 하겠어?"

돌아서서 현관문을 나가는 지아의 모습을 보며 나는 한마디를 해주고 싶었다.

네가 한 번 읽어봐.

쇼핑백에 들어가 있는 수백 통의 팬레터를 보고 있자니 벌써부터 눈이 피로해지는 기분이었다.

지아의 말처럼 팬레터를 쓰기 위해 얼마나 고민하고 시간과 정성을 들였을까? 하는 생각을 하지 않는 건 아니지만, 그게 수백 통이라고 생각하면 읽기도 전에 질려 버릴수밖에 없다.

인터넷이라는 쉽고 편한 수단을 내버려 두고 왜 이런 고생을 하는지 이해가 안 갔다.

신발장 옆에 쇼핑백을 다시 내려놓고 현관문을 나서려다 그래도 하루에 몇 개만이라도 읽어보자는 심정으로 대충 손을 넣어 집히는 대로 들고 가방에 쑤셔 넣었다.

야구 선수의 훈련은 생각보다 힘들다.

겉으로 보기에 야구 선수의 몸매는 다른 스포츠 선수들에 비해 자유분방해 운동을 제대로 하지 않는 것처럼 보일지도 모르나, 실제로 야구 선수들은 상당한 훈련을 한다.

다만, 매일같이 경기를 해야 하다 보니 체력 유지를 위해 먹는 양도 많고, 특정 부위만 집중적으로 훈련하다 보니 딱히 멋진 운동선수처럼 보이지 않을 뿐이다.

어깨 강화 운동과 한창 집중적으로 훈련 중인 체인지업의 제구력을 가다듬고 나서야 잠시 휴식 시간을 가졌다.

내일 모레 6번째 등판을 하기 때문에 무리하게 운동할 수가 없어 크게 힘들지는 않았다.

휴식을 하는 김에 아침에 들고 온 팬레터가 생각나 곧바로 가방에서 팬레터를 꺼내왔다.

—사랑하는 차지혁 선수께!

—세상에서 가장 멋있는 투수 차지혁 선수 보세요!

—노히트노런의 주인공 차지혁 선수에게 보내는 열두 번째 편지!

—차지혁 선수처럼 되고 싶은 중학생입니다!

—35년 대전 호크스의 야구팬입니다.

—안녕하세요, 차지혁 선수.

팬레터의 제목부터 각양각색이었다.

여성 팬인 듯 편지 봉투부터 예쁘게 꾸민 것부터, 그냥 평범한 편지 봉투에 대충 휘갈긴 글씨체까지 팬레터를 보낸 팬들의 성격이 그대로 드러났다.

인터넷의 발달로 인해 팬레터가 줄어들었다고 하지만 그래도 여전히 직접 쓴 손글씨로 자신의 팬심을 보여주고자 하는 사람들도 많았다.

하나씩 팬레터를 읽었다.

우선 내용물은 평균 2장 정도였다.

많이 쓴 사람은 5장까지도 있었지만, 대부분은 2장을 넘지 않았다.

내용들도 거의 대부분 비슷비슷했다.

노히트노런 경기에 대한 칭찬, 현재 성적에 대한 찬탄, 꼼꼼히 기록한 경기 기록, 앞으로의 개인 활약과 대전 호크스의 페넌트 레이스 우승, 훗날 메이저리그에 대한 언급까지 솔직히 크게 다른 내용이 없었다.

물론, 몇 줄씩 팬레터를 작성한 본인에 대한 이야기를 하기도 했지만 내 입장에서는 크게 기억할 만한 부분이 없는 게 사실이었다.

그런데 하나의 팬레터가 눈에 띄었다.

안녕하세요, 차지혁 선수.

저는 한국대학교에 다니고 있는 정혜영이라고 합니다. 혹시 기억하고 계실지 모르겠지만, 4월 27일 잠실 선발 등판에서 본 의 아니게 차지혁 선수에게 물의를 일으켰던 여대생입니다.

기억하지 않을 수가 없는 여자였다.

덕분에 스캔들 사건에 휘말렸고, 무엇보다 김하연 아나운서로 인해 지금까지도 심심찮게 인터넷에서 대중들의 관심을 받고 있었기 때문이다.

편지의 내용은 대부분 사과였다.

분명 정혜영으로 인해 내가 시끄러운 일에 휘말리게 된 건 사실이지만, 그렇다고 그걸 정혜영이 이렇게까지 사과를 할 필요가 있는 건가 싶었다.

정말 나에게 미안하다고 사과해야 할 사람들은 추측성 기사를 멋대로 올려댄 기자들이었으니까.

편지를 쓰기로 한 이유는 내가 5월 3일 경기에서 1회부터 흔들렸고, 7이닝밖에 소화하지 못한 이유가 자신 때문인 것 같아 너무 미안해서라고 했다.

내 입장에서는 전혀 관계없는 일이었고 신경도 쓰지 않았던 일이지만, 정혜영은 달랐던 모양이다. 이렇게 편지까지 쓴 걸 보면 말이다.

"뭐라고 답장이라도 해야 하나?"

다른 건 몰라도 괜한 오해로 신경을 쓰고 있을까 싶어 마음에 걸렸다.

짧게라도 그쪽이 미안해할 일이 아니니 신경 쓰지 말라고 말해주고 싶었다.

그렇다고 똑같이 편지를 하자니 귀찮았고, 남들 다 하는 인터넷에 대놓고 말할 수도 없었다.

"다음 경기에서 잘 던지면 알아서 안심하겠지."

그렇게 생각하고는 다 읽은 편지를 다시 한곳에 모아두고는 훈련을 이어나갔다.

* * *

5월 8일 금요일 대전 한밭 야구장.

"사람이 엄청나네."

"오늘은 특별한 날이니까."

정혜영의 말에 에바도 알고 있다는 듯 고개를 끄덕였다.

오전 수업만 마치고 곧바로 KTX를 타고 대전으로 내려온 에바와 정혜영이었다.

오후 3시임에도 불구하고 엄청나게 많은 사람들이 한밭 야구장 주변에 몰려 있었다.

경기 시작까지는 아직 2시간이나 남아 있었지만 벌써부터 열기는 대단했다.

평소라면 있을 수 없는 일이었지만, 오늘만큼은 정말 특별한 날이었다.

"아빠!"

정혜영은 약속 장소에서 자신을 기다리고 있는 50대 중반의 남자를 향해 달려갔다.

"정말 오후 수업은 없는 거지?"

"내가 설마 아빠한테 거짓말까지 하고 야구장에 찾아왔을까 봐?"

"그렇지. 내 딸이 그럴 리가 없지. 흠흠!"

정영석은 혜영이 어떤 딸인지 잘 안다는 듯 연신 고개를 끄덕였다.

"에바, 인사드려. 우리 아빠야."

"안녕하세요."

"그래요. 반가워요. 한국말을 할 줄 아는 모양이네?"

정영석은 영화에서나 볼 수 있는 눈부시도록 아름다운 서양 미녀가 한국어로 인사를 하자 묘한 기분이 들었다.

"인사만 할 줄 알아."

정혜영이 대신 말을 해주었고, 그러냐며 정영석은 어쨌든 대전까지 오느라 고생이 많았다고 말을 하고는 앞장서서 걸었다.

어디 내놔도 손색없는 미모와 지성까지 갖추고 있는 딸, 혜영과 눈이 저절로 돌아가는 외국 미녀 에바가 뒤를 따라오자 절로 어깨에 힘이 들어가는 정영석이었다.

정영석은 곧바로 야구장 입구로 향했고, 안내원에게 3장의 티켓을 보여줬다.

남자 안내원은 눈부신 금발 미녀인 에바의 모습에 넋을 잃었다가 이윽고 정혜영의 얼굴을 확인하고는 눈을 동그랗게 떴다.

"차지혁 선수와 스캔들이……."

"지금 뭐라고 했나?"

낮은 음성으로 사납게 눈을 치켜뜨고 자신을 노려보는 정영석의 모습에 남자 안내원은 재빨리 입을 다물었다.

정영석은 못마땅하다는 듯 인상을 찌푸리고는 야구장으로 들어섰다.

"망할 놈들!"

야구장으로 들어서는 정영석이 화가 난 음성으로 그렇게 중얼거렸다.

정혜영은 자신의 아빠가 왜 그러는지 알기에 그저 미안할 뿐이었다.

자신이 돌발 행동만 하지 않았어도 벌어지지 않았을 일

들이었기에 모든 잘못이 자신에게 있는 것만 같았다.

기분이 상한 정영석이 딸과 그 친구인 에바를 데리고 간 곳은 중앙 탁자석 중에서도 그 위치가 정가운데였다.

"아빠! 여기 표 어떻게 구했어? 여긴 돈 있어도 진짜 구하기 힘들다고 하던데?"

정혜영의 놀란 표정에 정영석이 목에 힘을 주며 대답했다.

"김 사장 조카가 대전 호크스 프론트 직원이라고 하기에 어렵게 부탁 좀 했지."

실제로 정영석은 딸과 그 친구가 대전까지 야구를 보기 위해 온다는 말에 온갖 인맥을 모조리 동원해서 어렵사리 구한 티켓이었다.

특히, 오늘과 같은 날에는 정상가격보다 몇 배의 웃돈을 준다 하더라도 구하기 쉽지 않았기에 정영석이 놀라워하는 딸에게 어깨에 힘을 팍팍 줄 만했다.

"점심은 먹고 온 거냐?"

"서울역에서 간단하게 먹었어. 그리고 아직 경기가 시작하지도 않았는데 벌써 먹기는 그렇잖아? 이따가 경기 시작하면 그때 치맥이나 먹죠, 뭐."

"치맥?"

정영석은 다 큰 딸, 더욱이 남자라면 누구나 훔쳐볼 정도로 예쁘고 똑똑한 딸이 술을 먹는다고 하니 기분이 썩 즐겁지만은 않았다.

그렇다고 어엿한 성인이 된 딸에게 이래라저래라 하면 괜히 간섭한다며 자신을 피할까 봐 제대로 말도 못 하고 끙끙거렸다.

정혜영과 에바는 이른 시간부터 야구장을 찾아와 자리를 차지하고 있는 관중들의 모습에 오늘 경기가 얼마나 많은 사람의 관심을 받고 있는지를 다시 한 번 확인할 수 있었다.

"4이닝까지만 막으면 기록이라고 했지?"

에바의 물음에 정혜영이 고개를 끄덕였다.

"4회 초 공격까지만 막으면 선발투수로는 46이닝 연속 무실점 기록을 달성하게 되고, 8회 초 공격까지 막으면 국내 최다 이닝인 50이닝 연속 무실점 기록이야. 정말 엄청난 기록이지!"

정혜영은 자신이 기록을 달성하는 선수처럼 흥분한 감정을 감추지 못했다.

반면 에바는 딱히 큰 감정이 없었다.

신인 투수가 데뷔와 동시에 46이닝, 50이닝을 연속으로 무실점 한다는 것이 분명 대단하고 놀랍기는 했다.

그러나 미국 메이저리그에서는 59이닝 연속 무실점 기록이 존재했기에 그 놀람의 정도가 약할 수밖에 없었다. 어쩌면 메이저리그도, 자국 선수도 아니다 보니 더욱 그런 것일지도 몰랐다.

하지만 정혜영뿐만 아니라 야구장을 찾은 관중들 대다수가 오늘의 기록을 기대하고 있었으니 괜히 메이저리그와 비교할 필요가 없다 여겨 가만히 입을 다물고 있었다.

"아빠! 오늘 차지혁 선수가 기록을 달성할 것 같아?"

"물론이지! 오늘 자치혁은 9회까지 완봉승을 거둘 거다!"

확신, 믿음이 가득한 정영석의 대답에 정혜영이 기분 좋게 웃었다.

하지만 한편으로는 지난 경기에서 1회부터 흔들렸던 경험이 있었기 때문인지 괜히 신경이 쓰였다.

더군다나 그 이유가 자신 때문인 것 같아 더욱 마음이 불편해지는 정혜영이었다.

'차지혁 선수! 반드시 기록을 달성하길 바랄게요!'

두 손을 꼭 모아 기도하는 정혜영의 모습에 에바는 피식 웃고 말았다.

경기가 시작되었다.

마운드에는 언제나처럼 담담한 표정의 차지혁이 서 있었다.

고졸 신인 투수라고는 볼 수 없을 정도의 아우라가 느껴지는 거대한 기세는 대전 호크스 팬들에게 있어 황홀감을 느끼기에 충분했다.

반대로, 상대 팀 원정 팬들은 너 나 할 것 없이 고개를 절레절레 저으며 주눅이 들어야만 했다.

차지혁은 초구부터 불같은 강속구를 던졌다.

156㎞의 강력한 포심 패스트볼에 대전 한밭 야구장을 찾은 팬들이 박수를 치고, 휘파람을 불고, 소리를 질러대며 열광했다.

두 번째 공은 명품이라 불리고 있는 차지혁표 파워 커브로 타자는 두 눈을 멀뚱히 뜨고 스트라이크를 내주고 말았다.

세 번째 공은 다시 한 번 포심 패스트볼을 던졌는데, 타자를 유인해 내기에 딱 좋은 높이의 볼로 헛스윙을 이끌어내며 첫 번째 타자부터 3구 삼진이라는 인상적인 피칭을 보여줬다.

"그것 참, 시원시원하단 말이야! 으하하하!"

정영석은 손에 들린 맥주를 꿀꺽꿀꺽 들이켜며 기분 좋게 웃었다.

차지혁의 투구를 보고 있으면 누구라도 가슴이 시원해지는 기분을 느낄 수 있었다.

타자의 배트를 어떻게든 유인하기 위한 볼질을 하지 않는 투수라는 사실 하나만으로도 차지혁은 모든 야구팬이 좋아할 만한 성향을 가지고 있는데, 불같은 강속구까지 던져 대니 사랑하지 않을 수 없는 선수였다.

대다수의 야구팬들은 투수의 정교한 제구력이나 화려한 변화구보다는 거침없는 강속구를 좋아한다.

그게 투수의 가장 큰 매력이고, 장점이라 여기기 때문이다.

물론 정교한 제구력과 화려한 변화구도 좋다.

하지만 그 둘보다는 강속구가 우위에 있는 건 어쩔 수 없었다.

안타를 많이 치는 타자보다 홈런을 시원시원하게 날려대는 타자를 좋아하는 것과 같은 이치다.

첫 타자부터 산뜻하게 3구 삼진으로 잡아낸 차지혁은 2번, 3번 타자마저도 내야 뜬공과 삼진으로 잡아내며 1회 초를 깔끔하게 막아냈다.

이걸로 43이닝 무실점 행진이 이어졌다.

1회 초임에도 불구하고 마운드를 내려오는 차지혁을 향해 기립 박수를 쳐주었다.

차지혁의 시원시원한 투구와 다르게 대전 호크스의 타선은 욕이 나올 정도로 한심했다.

"에라이, 멍청한 놈! 그 따위로 방망이질을 할 거면 당장 야구 때려 쳐!"

야구를 볼 때면 누구보다 다혈질로 변하는 정영석의 모습에 정혜영은 조심스럽게 에바의 눈치를 살폈다.

하지만 에바는 정영석의 모습에 눈 하나 깜짝하지 않았다.

자신들의 가족은 필리스의 광팬이다.

메이저리그에서 가장 과격하고 폭력적인 팬들이 많은 팀이 바로 필리스다.

오죽하면 메이저리그 선수들이 뽑은 가장 불쾌한 팬 1위라는 불명예를 얻기도 했다.

에바 스스로 자신은 그렇게까지 과격하다고 여기지 않았지만, 가족들과 함께 야구를 볼 때면 선수를 향해 온갖 욕설과 비난을 하는 가족들의 모습에 단련되어 있었다. 정영석의 비난 정도야 귀에도 들어오지 않았다.

허무하다 싶을 정도로 대전 호크스의 1회 말 공격이 끝나자 2회 초, 인천 돌핀스의 공격을 막기 위해 차지혁이 마운드에 올라섰다.

홈 팬들의 열렬한 응원 속에서 차지혁은 인천 돌핀스의 중심 타선을 상대로 또다시 삼자범퇴로 막아내며 훌륭하게 자신의 역할을 마치고 더그아웃으로 들어가 버렸다.

"44이닝이다! 으하하하하하!"

정영석은 어느덧 두 잔째 맥주잔을 비우며 웃고 있었다.

정혜영과 에바도 곁에 나란히 앉아서 맥주를 홀짝거리며 치킨을 먹었다.

2회 말에는 2개의 안타가 나왔지만, 모두 단타에다 걸음이 느린 타자들이라 결국 점수를 올리지 못하고 공격이 끝나고 말았다.

3회 초, 다시 마운드에 오른 차지혁은 하나의 안타를 맞기는 했지만, 나머지 타자들을 다시금 불같은 강속구로 잠재워 버렸다.

"45이닝 타이 기록이다!"

홈 팬들이 너 나 할 것 없이 떠들어대며 소란을 피웠다.

타이기록을 수립했으니 그것만으로도 대전 호크스 팬들 입장에서는 충분히 행복할 만했다.

기쁨의 여운이 가시기도 전에 대전 호크스의 공격이 끝나 버렸고, 차지혁이 모습을 드러내자 모든 관중들이 하나둘 자리에서 일어났다.

"차지혁! 차지혁! 차지혁! 차지혁!"

한목소리가 되어 차지혁의 이름을 연호했다.

그 속에는 정영석과 정혜영도 섞여 있었다.

에바만이 홀로 얌전하게 앉아 맥주잔과 치킨을 들고 있

을 뿐이었다.

"스윙! 타자 아웃!"

주심의 우렁찬 외침과 동시에 대전 한밭 야구장이 떠나갈 것처럼 환호성이 터져 나왔다.

—우와아아아아아!

46이닝.

새로운 기록을 달성한 차지혁이었다.

인천 돌핀스의 타자는 분하다는 듯 방망이를 내던지며 진상을 부렸지만, 어느 누구도 그에게 시선을 주지 않았다.

언제나처럼 담담하게 더그아웃으로 걸어 들어가는 차지혁만을 두 눈 가득 담을 뿐이었다.

뜨거워진 열기를 대전 호크스의 타자들은 여전히 이어가질 못했다.

찬물을 끼얹기로 작정이라도 한 듯 4회 말 공격은 3타자가 연속으로 삼진을 당하는 꼴사나운 모습을 보여줬다.

다른 때였다면 온갖 욕과 비난을 퍼부었을 정영석도 얌전하기만 했다.

마운드에 차지혁이 섰기 때문이다.

"자, 47이닝으로 가자!"

정영석은 새로 사 온 시원한 맥주마저 테이블에 내려놓고는 일어서서 차지혁의 투구를 지켜봤다.

첫 번째 타자를 내야 땅볼로 잡아내고, 두 번째 타자가 친 타구가 외야 깊숙한 곳으로 날아갈 때까지만 하더라도 정영석은 맞잡은 손이 하얗게 변할 정도로 힘을 줬다.

"그렇지! 너 이 새끼, 오늘 전 타석에서 삼진당해도 좋다!"

펜스에 몸을 부딪혀 가면서까지 타구를 잡아낸 외야수를 향해 정영석이 소리를 쳤다.

최소 2루타, 발 빠른 주자였기에 3루타까지도 내줄 수 있었던 타구를 눈부신 호수비로 잡아낸 대전 호크스의 외야수였다.

마지막 타자를 상대로 차지혁은 다시 한 번 삼진을 잡아내며 이닝을 마쳤다.

"이제 3이닝만 잘 넘기면……."

새로운 기록이다.

한국 프로 야구에 새롭게 기억될 신기록!

대전 호크스 타자들이 아웃을 당하든 말든, 이제는 더 이상 관심이 없다는 듯 관중들은 차지혁의 투구만을 기다렸다.

6회에도 차지혁은 인천 돌핀스의 타자들을 무기력하게

만들며 마운드를 지켜냈다.

그리고 7회가 되었을 때, 차지혁은 2개의 단타를 맞으며 위기에 처했지만 자신의 기록이 이대로 깨질 수 없다는 듯 놀라운 피칭을 보여주기 시작했다.

160㎞.

차지혁은 위기의 순간 또다시 160㎞의 강속구로 인천 돌핀스 타자들을 허수아비로 만들어 버렸다.

그리고 고대하던 8회 초가 시작되었다.

이제 남은 아웃 카운트는 3개.

1개면 아쉽게도 역대 2위의 기록자로 남게 되고, 2개면 공동 1위에 이름을 올린다.

당연히 모든 관중들은 홀로 당당히 빛날 수 있는 3개의 아웃 카운트를 원하고 있었다.

"아웃!"

유격수 박상천이 그림 같은 수비로 몸을 날려 타구를 잡아냈다.

"아웃!"

2루수 정현우가 머리 위로 넘어가는 타구를 악착같이 쫓아가서 몸이 뒤집혀 가면서까지 타구를 잡아냈다.

이미 오래전부터 기립하고 있던 관중들이 박수를 치며 환호성을 내지르고 있었다.

마지막 3번째 아웃 카운트는 다른 누구도 아닌 차지혁 본인 스스로 해결했다.

쇄애애애액!

부—웅!

퍼—어엉!

전광판에 찍힌 161㎞의 포심 패스트볼에 방망이까지 놓쳐 가며 헛스윙 삼진을 당하는 타자였다.

—우와아아아아아아아아—!

지금까지 대전 한밭 야구장에서 들어보지 못한 거대한 함성이었다.

대기록을 달성하고도 더그아웃으로 무덤덤하게 걸어가는 차지혁의 모습에 에바마저 저절로 몸을 일으켜서 박수를 쳤다.

"차지혁! 차지혁! 차지혁! 차지혁! 차지혁!"

관중들의 외침이 끊이질 않았다.

나와라, 차지혁!

관중들은 그렇게 외치고 있었다.

인천 돌핀스의 선수들의 수비조차 방해하는 거대한 외침에 기다렸던 차지혁이 더그아웃 밖으로 모습을 드러냈다.

차지혁은 자신의 이름을 외치는 관중들을 향해 정중하게 모자를 벗어 허리를 숙였다.

국내 프로 야구에서는 보기 드문 커튼콜이었다.

8회 말, 대전 호크스의 공격이 끝나고 9회 초가 되었을 때 마운드는 차지혁이 아닌 다른 투수에게로 넘어가 있었다.

그럼에도 관중들은 차지혁의 이름을 불렀다.

차지혁 대신 마운드에 오른 투수는 관중들의 거대한 열기에 흥분했는지, 기가 짓눌렸는지 제대로 된 투구를 하지 못하고 실점을 했고, 9회 말 공격에서 대전 호크스는 여전히 무기력한 공격력으로 패배를 하고 말았다.

대전 호크스의 패배에도 불구하고 경기장을 떠나는 관중들의 얼굴엔 만족감이 가득했다.

자신들의 에이스가 신기록을 세웠다.

그리고 신기록은 아직도 유효했다.

그거면 충분했다.

Chapter 7

"연락을 주서서 정말 감사합니다. 차지혁 선수."

35살이라고 했던가?

사람 좋아 보이는 웃음과 함께 악수를 해오는 성대준 대표였다.

작은 키에 왜소한 체격이었지만, 어깨를 당당하게 펴고 있는 모습이 꽤 인상적으로 보였다.

스폰서 제의를 해온 울이라는 업체의 대표와의 만남은 생각보다 편안하게 이뤄졌다.

"우선 저희 울에서 차지혁 선수에게 제시한 계약 내용입니다.”

성대준 대표가 건네는 서류를 황병익 대표는 곧장 나에게 건네줬다.

계약 기간은 10년이었고, 계약금 또한 1억으로 달라진 내용이 없었다.

추가 사항으로 적혀 있었던 수익금 0.3%의 분배도 여전했다.

애초부터 계약 내용에 이끌렸던 것이 아니라 대충 훑어보고는 성대준 대표에게 물었다.

“제가 대표님과 만나보려고 했던 건 어디까지나 국내 브랜드라는 점 때문입니다. 유명 업체들이야 어차피 제가 아닌 다른 유명한 스포츠 스타들이 광고를 해주니 저까지 그 틈바구니에 낄 필요가 없다고 생각했습니다. 계약 조건이야 저보다는 이쪽에 계신 YJ에이전시 대표님과 하셔야 할 겁니다. 제가 중요하게 여기는 건, 저에게 협찬을 해주실 품목들. 특히 글러브, 야구화, 의류를 과연 신생 업체인 울에서 얼마나 만족스러운 품질로 보장해 주실 수 있느냐 입니다. 오늘 이 부분에 대해서 확실하게 답변해 주셨으면 합니다.”

내 말에 성대준 대표는 테이블 위에 가방 하나를 올려놨다. 그렇지 않아도 들어오면서 어깨에 짊어지고 있던 야구

가방이 꽤 궁금증을 유발하고 있었다.

"저희 울에서 시제품으로 만든 야구 물품입니다. 가방부터 시작해 속에 담겨져 있는 모든 제품은 저희가 직접 생산한 것들입니다. 제가 아무리 떠들어봐야 무슨 소용이 있겠습니까? 우선 차지혁 선수가 직접 확인해 보십시오."

확인해 보라는 말에 곧바로 가방부터 살펴봤다.

야구화와 글러브, 배팅 장갑과 수비 장갑, 야구 양말부터 시작해 스포츠 언더웨어와 츄리닝에 일반 의류와 런닝화까지 제법 많은 품목들이 잘 정리되어 있었다.

가장 중요한 건 글러브였다.

글러브는 전문적으로 글러브만 취급하는 업체가 아니라면 좋은 제품을 찾기가 힘들 만큼 간단하지 않았다.

"보시면 아시겠지만, 저희 울에서 만든 글러브는 최고급 송아지 가죽만을 사용해서 제작했습니다. 때문에 단가가 비싸다는 것이 단점이지만, 어차피 저희가 주력으로 판매할 제품이 아니고 철저하게 주문 제작으로만 취급할 품목입니다."

"굉장히 좋습니다."

진심으로 글러브의 품질이 상당히 만족스러웠다.

우선 가벼웠다.

무거운 글러브를 좋아하지 않는 내 취향을 알고 만든 것인지, 원래 가벼운 글러브를 만들겠다고 생각한 것인지 몰라도 무게만큼은 확실히 합격점을 주기에 충분했다.

가죽도 말처럼 최고급 송아지 가죽을 사용한 듯 보였고, 내피도 두툼해서 공을 잡았을 때의 충격 흡수력이 좋아 보였다. 더불어 제대로 길을 들이기 이전임에도 글러브가 쫀쫀하다 느껴졌으니 제대로 길을 들이면 상당히 손에 착 감길 것 같았다.

현재 사용하고 있는 글러브와 비교해도 전혀 손색이 없어 보였다.

두 번째로 확인한 품목은 당연히 야구화였다.

일명 쇠징이라 부르는 스파이크는 오래 신고 있을수록 발에 피로감이 쌓이면서 몸 전체에 무리를 주기에 상당히 중요했다.

실질적으로 글러브보다 더 중요하다고 생각하는 선수들도 꽤 많았다.

발 사이즈도 이미 알아놨는지 신어 보니 발에 딱 맞았다.

역시 스파이크도 상당한 품질을 자랑하듯 마음에 들었다.

"글러브와 마찬가지로 야구화도 주문 제작 품목으로만 생산할 예정입니다."

단가가 비싸다는 뜻이다.

어차피 내 입장에서는 관계없는 일이라, 그러려니 넘겼다.

"스폰서 계약을 하시면 그 즉시 차지혁 선수에게 딱 맞는 글러브와 야구화를 제작할 예정입니다. 지금 제품들은 어디까지나 시제품일 뿐입니다. 세상에서 가장 좋은 글러브와 야구화를 만들어 드리겠다고 약속하겠습니다."

자신감 넘치는 말투의 성대준 대표였다.

자신들의 제품에 대한 자부심이 대단한 듯 보였다.

실제로도 자부심을 가질 만한 제품이기도 했다.

이후로도 살펴본 제품들이 모두 상당한 품질을 자랑하고 있었다.

하지만 다른 유명 업체들이 이 정도의 품질을 만들지 못할까?

아니다. 어디든 만들고자 하면 충분히 만들 수 있는 기술을 보유하고 있다. 다만, 단가가 비싸기에 특정 품목으로 일부 제품만 만드는 거다.

"저희 울은 타사 제품보다 값싸면서도 고급스러운 제품 이미지로 시장에 나왔습니다. 실제로도 구매자들의 만족도가 상당히 높다는 조사도 있었습니다."

성대준 대표는 하나의 서류를 내 앞에 내밀었고, 난 그걸 대충 훑어보고 말았다.

어차피 내가 본다고 알 수 있는 부분이 아니었다.

내가 확인하고 싶은 건 어디까지나 울이라는 대표의 사람이 누구인지, 나에게 제공해 줄 야구 관련 제품들의 품질이 얼마나 좋은지를 확인해 보고 싶었을 뿐이다.

내가 슬쩍 황병익 대표를 바라보자 줄곧 침묵하고 있던 그가 입을 열었다.

"울의 입장은 잘 들었습니다. 하지만 제가 조사한 바에 의하면 울의 제품은 시장에서 1%도 제대로 팔리지 않는 신생 업체로 인지도도 없고, 이미지도 없는 업체로 알고 있습니다. 맞습니까?"

"아직까지 홍보가 제대로 이뤄지지 않았기 때문입니다. 품질을 보시면 아시겠지만……."

"패션의류 업계에서 가장 중요한 건 이미지 파워입니다. 품질은 그 다음입니다. 설마 이런 것도 모르시고 이쪽 시장에 뛰어드신 겁니까?"

"알고 있습니다."

살짝 위축된 성대준 대표에게 황병익 대표는 여전히 냉정한 시선으로 말했다.

"울의 이미지를 쌓기 위해, 기업 홍보를 위해 저희 차지혁 선수와 스폰서 계약을 하시려는 것 아닙니까?"

"맞습니다."

"그렇다면 울에서 제의한 이런 계약 조건은 터무니없는 내용이라는 걸 아시리라 믿겠습니다."

쫘악! 쫘악! 쫘악!

황병익 대표는 계약 내용의 서류를 거침없이 찢어버렸다.

나도 놀랐고, 성대준 대표도 놀랐다.

놀란 성대준 대표가 발끈해서 붉어진 얼굴로 뭐라고 말을 하려고 할 때, 황병익 대표가 먼저 말을 이었다.

"차지혁 선수에게 스폰서 제의를 해온 업체는 일일이 나열할 수 없을 정도로 무수히 많습니다. 소위 업계 1, 2위를 다투는 세계적인 기업들도 차지혁 선수에게 스폰서 제의를 했고, 계약 기간 3~4년에 계약금만 수십억을 제안했습니다. 그런데 차지혁 선수 본인의 뜻에 따라 이 자리가 성사된 것입니다. 솔직한 제 입장을 말한다면 울이라는 업체와 이런 자리를 하고 있다는 것 자체가 시간 낭비라 여깁니다. 자, 이제 다시 이야기를 시작해 보죠. 울에서 차지혁 선수에게 해주실 수 있는 최선이 무엇입니까?"

*   *   *

"모쪼록 좋은 결과가 있길 바라겠습니다."

"긍정적인 방향으로 논의를 해보도록 하겠습니다."

성대준 대표는 황병익 대표와 악수를 하고는 나에게도 손을 내밀었다.

"팬으로서도 항상 차지혁 선수의 경기를 지켜보고 있습니다. 최다 이닝 무실점 신기록을 세우신 것 축하드립니다. 연승 기록을 이어나가지 못해서 아쉽습니다만, 무패 기록만큼은 꼭 달성하길 빌겠습니다."

"감사합니다."

인사를 마치고 성대준 대표가 떠나자 황병익 대표가 날 바라보며 물었다.

"어떻게 하겠습니까? 계약을 하겠습니까?"

"대표님 생각은 어떠세요?"

"우선 울이라는 업체의 기술력은 상당히 좋다고 판단하고 있습니다. 시장에서도 구매자들의 만족도가 높은 건 사실입니다. 또한 아직까지는 회사 지분의 90% 이상이 성대준 대표에게 있다는 점도 매력적이라고 볼 수 있습니다. 홍보와 마케팅만 제대로 이뤄지면 충분히 국내에서는 인지도를 쌓을 수 있다고 확신합니다."

"그런데 어째서 아까는 그렇게까지 궁지로 몰아붙이셨죠?"

"사실이기도 하고, 이쪽 패션의류 업계에서는 홍보와 마케팅이 가장 중요한 점이기 때문입니다. 그런 가장 중요한 부분을 앞으로 차지혁 선수가 모두 담당해야 하는데, 이 정도면 아무리 스폰서 제의라고 하더라도 확실하게 누가 우위에 있는지를 보여줄 필요가 있습니다. 그리고 현재 성대준 대표의 상황이 그렇게까지 좋은 것도 아닙니다. 이대로 변변한 홍보나 마케팅이 이뤄지지 않으면 1년도 제대로 버티지 못할 겁니다. 그러니 성대준 대표에게 있어 차지혁 선수는 하늘이 내려준 동아줄과 같은 존재입니다. 사실 그가 차지혁 선수에게 스폰서 제의를 해놓고도 그것이 성사될 거라 믿었을 확률은 1%나 될까요? 아마 로또를 맞은 심정일 겁니다."

"정말 그렇게까지 생각하겠습니까?"

황병익 대표가 피식 웃었다.

"차지혁 선수는 본인 스스로의 가치에 대해서 정말 너무 모르고 있습니다. 현재 대한민국에서 가장 유명하고, 가장 관심을 받고 있는 스포츠 스타가 누구라고 생각합니까? 다른 누구도 아닌 바로 차지혁 선수입니다. 스포츠계뿐만 아니라 웬만한 스타 연예인이라 하더라도 차지혁 선수보다 인지도나 관심이 적습니다. 그리고 앞으로 더욱더 유명한 선수가 될 예정이죠. 본인 스스로가 얼마나 유명한 사람인지, 대중들의 관심을 많이 받고 있는지 자각할 필요가 있습니다. 유명인이 걸치고 있는 옷, 신발, 악세서리가 괜히 불티나게 팔리는 게 아닙니다. 차지혁 선수가 울과 계약을 하고 그들의 제품을 입고 다니기 시작하면 울로서는 수십억을 들여 TV광고를 한 것보다도 몇 배는 더 큰 효과를 얻게 됩니다. 앞으로는 그런 계산을 해야 합니다."

야구밖에 모르고 살았다.

앞으로도 야구만을 보고 살고 싶었다.

내가 어떤 사람인지 중요한 게 아니라, 내가 어떤 야구 선수였는지가 중요했다.

세계 최고의 야구 선수로 기억되고 싶을 뿐이다.

"전 모르겠습니다. 그냥 지금처럼 야구만 하면서 살 생각입니다. 그 외적인 부분들은 대표님이 저를 대신해서 계산해 주셨으면 합니다."

내 말에 황병익 대표가 가만히 날 바라봤다.

"지금 제게 무슨 말을 한 건지 알고 있습니까?"

"예. 재계약을 제시한 겁니다. 그리고 이왕이면 제가 선수 생활을 하는 동안에는 항상 대표님과 함께하고 싶습니다. 제가 믿을 수 있는 에이전시로 영원히 기억되길 바랄 뿐입니다. 가능하겠습니까?"

황병익 대표가 크게 숨을 토해냈다.

내 말에 감정이 크게 흔들렸다는 것 정도는 알 수 있었다.

아버지도 황병익 대표는 믿을 수 있다며 재계약을 하는 게 어떻냐고 말한 적이 있었다. 다만, 미리 말할 필요는 없으니 계약 기간이 끝나갈 시점에 말을 하라고 했었다.

열 길 물속은 알아도 한 길 사람 속은 모르니 조심하라는 뜻이었다.

오늘을 통해 알았다.

내 단순한 치기에서 시작된 울이라는 업체와의 만남을 황병익 대표는 아주 꼼꼼하게 준비하고 치밀하게 협상했다.

내가 있는 자리에서 대놓고 말하며 내 이익을 위해서 협상을 벌였다.

황병익 대표가 성대준 대표에게 언급했던 스톡옵션(Stock option)이나, 그 외의 경제 용어들이 무엇인지 모르지만, 그것이 모두 날 위한 이익이라는 것쯤은 알 수 있었다.

이만하면 믿을 만하지 않을까?

지금까지도 나에게 해를 끼친 적이 없다.

중학교 3학년 때부터 날 위해 투자를 한 황병익 대표였다.

국내 최고라 불러도 손색없는 최상호 코치를 담당 코치로 붙여줬고, 실력 좋은 영어 과외 선생님과 알게 모르게 가족들의 편의까지 신경을 써준 사람이다.

더불어 내가 해외가 아닌 국내로 진출함으로써 황병익 대표는 엄청난 수익을 포기해야만 했다. 그럼에도 불평불만 한 번 하지 않았고, 날 대함에 있어 소홀함이 느껴지지도 않았다.

더 이상 뭘 더 바랄까?

"제가 에이전시 일을 시작하면서 가졌던 뜻이 하나 있습니다."

황병익 대표가 한참 만에 말을 꺼냈다.

무슨 말을 하려는지 가만히 기다렸다.

"선수를 사람으로 대하자. 선수를 돈으로 대하면 내 판단이 흐트러진다. 진심을 다해서 선수를 위해 서포트(Support)를 하는 게 내가 해야 할 일이다. 다행입니다. 아직까지 그 뜻을 이어나가고 있어서 말입니다. 만약 제가 초심을 잃었더라면 차지혁 선수의 마음을 얻었겠습니까? 재계약은 계약 기간이 끝날 시점에 다시 논의를 하겠습니다."

"예?"

"저도 사람입니다. 그래서 전 제가 변할 것을 두려워합니다. 재계약을 한다 하더라도 2년 단위로 할 생각입니다. 제가 변하지만 않는다면 2년이라는 기간이 무슨 의미가 있겠습니까?"

의미 없다.

황병익 대표가 지금처럼만 해준다면 굳이 내가 다른 에이전시와 계약을 할 필요가 없다.

그러니 계약 기간 따윈 아무래도 상관없는 일이었다.

"대표님의 뜻, 잘 알겠습니다. 그럼 2년마다 저녁 한 끼는 항상 대표님과 마주 앉아서 먹어야겠군요."

"하하하하! 2년에 한 번씩 제가 가장 근사한 저녁을 대접하겠습니다!"

*　　　　*　　　　*

"정말 끝내주는 친구군!"

케인 브레이는 태블릿PC의 영상에서 눈을 떼지 못했다.

마운드 위에서 태연하게 공을 던지는 젊은 투수에게서 케인 브레이는 전율을 느낄 만큼 강력한 힘을 보고 있었다.

지금까지 수많은 투수를 봤지만, 단언컨대 영상 속의 투수만큼 매력을 갖춘 선수는 본 적이 없었다.

"브레이, 뭘 그렇게 보는 거야?"

목소리만 들어도 누군지 안다는 듯 케인 브레이가 입만 열었다.

"해리스! 자네도 이것 좀 봐봐!"

"뭔데?"

해리스가 다가오자 케인 브레이가 재빨리 영상을 보여줬다.

해리스는 케인 브레이가 보여주는 동영상을 확인하고는 대수롭지 않게 말했다.

"코리아 쇼크(Korea shock)잖아?"

"코리아 쇼크?"

"차지혁 투수를 말하는 거 아냐?"

"차지혁?"

"뭐야? 아무것도 몰랐던 거야?"

해리스는 케인 브레이를 바라보며 고개를 흔들었다.

"너 정말 양키스의 스카우트가 맞긴 한 거야?"

"해리스, 난 2년간 유럽을 돌다가 이제 막 귀국을 했다고! 아시아 쪽에는 신경을 쓸 시간이 전혀 없었다고!"

"아아, 그랬지! 미안. 그럼 알려주지. 네가 보고 있는 동영상 속의 투수는 한국의 투수야. 작년에 한국 신인 드래프트 시장에 나왔던 선수로 올해 18세의 루키지. 그 투수 때문에 지금 메이저리그 대부분의 구단이 한국으로 스카우트를 보낸 상태야. 자세한 데이터는 셀라를 찾아가 보면 알 수 있을 테니까 나한테 묻지 말고."

"그것보다 코리아 쇼크라니?"

"아아, 봐서 알겠지만 말 그대로 충격적인 데뷔 시즌을 보내고 있거든."

"얼마나 충격적이기에?"

"현재 한국 리그에서 6번 선발로 등판해서 5승 무패를 달리고 있지. 하지만 단순히 이런 무패 기록만으로 충격이라고 하기엔 부족하겠지?"

케인 브레이는 당연하지 않느냐며 고개를 끄덕였다.

해리스도 그럴 줄 알았다며 말을 이었다.

"이제부터 놀랄 준비를 하라고. 6경기에 나와서 지금까지 소화한 이닝 수가 50이닝, 투구수가 620개였던가? 이건 확실하지 않아. 하지만 630개를 넘지 않았던 걸로 기억해. 중요한 건 50이닝 동안 볼넷은 고작 3개밖에 되지 않으며, 피안타도 23개뿐이라는 거지. 70개에 가까운 탈삼진 능력에, 무엇보다 놀라운 건 루키 주제에 데뷔전에 노히트노런을 달성하고 현재까지 무실점이라는 사실이야. 이제 왜 충격적이라 부르는지 알겠지? 한국 리그가 아무리 메이저리그보다 아래라 하더라도 이건 말이 안 되는 기록이거든. 그런데 차지혁은 현재 그 말도 안 되는 기록으로 한국 리그를 완전히 평정하고 있어. 루키 주제에 말이야!"

해리스는 자신의 시계를 확인하고는 대답했다.

"내일 새벽 4시에 한국에서 7번째 선발 등판을 하겠군.

내 말이 믿기지 않거든 직접 경기를 보도록 해. 나도 항상 차지혁의 선발 경기는 빼놓지 않고 보고 있으니까. 오늘도 새벽부터 일어나서 한국 경기를 보려면 일찍 자야겠어."

해리스가 몸을 일으키자 케인 브레이가 재빨리 물었다.

"우리는?"

"무슨 소리야?"

"우리 구단에서는 누가 한국에 간 거야? 설마, 아무도 가지 않은 건 아니겠지?"

"당연하지! 벌써부터 단장이 얼마나 몸이 달아올랐는데! 바이아웃 금액도 고작 350억밖에 되질 않는다고. 잘됐지. 만약 차지혁이 작년에 한국이 아닌 메이저리그로 왔다면 몸값이 지금보다 최소 두 배, 어쩌면 그 이상으로 엄청나게 비쌌을 테니까. 덕분에 단장이 얼마나 즐거운 비명을 지르고 있는 줄 알아? 코리아 쇼크를 붙잡기 위해서 제프가 직접 한국까지 가 있는 상황이야."

"제프? 이적 계약까지는 아직까지 몇 달이나 남아 있는데?"

"그만큼 차지혁을 양키스로 데리고 오고 말겠다는 구단의 의지 아니겠어? 사실 나도 굉장히 궁금하긴 하거든. 코리아 쇼크가 과연 메이저리그에서도 통할지 말이야. 물론 지금 한국에서 보여주는 것만큼 대단하지는 않겠지만, 기대가 되는 건 사실이거든."

케인 브레이는 해리스의 말을 들으며 고개를 끄덕였다.

영상만 봐도 알 수 있다.

자신들은 메이저리그 스카우트다.

보는 것만으로도 어느 정도 선수의 능력과 재능을 파악할 수 있었다.

더불어 팀장인 제프가 직접 한국까지 날아갔다는 건 구단에서도 엄청나게 기대하고 있으며, 반드시 붙잡고 말겠다는 의지인 거다.

단순 성적만으로 이렇게 움직이지는 않는다.

해리스의 말처럼 한국 리그는 아무리 좋게 평가한다 하더라도 트리플A의 수준에서 벗어날 수 없다.

그렇다면 반대로 이야기해서 트리플A에서 현재 차지혁 정도로 던지는 투수가 있다면?

장담하건데 메이저리그에서도 충분히 통한다.

아니, 기대를 하게 만든다.

단순히 통한다가 아니다.

반드시 통한다.

바이아웃 금액이 350억이니 비싸지도 않다.

최고의 선수들만 사들이는 양키스에는 이적료가 1천억 원이 넘어가는 선수도 있었다.

평균적으로 이적료만 500억 이상의 선수들만 모였다고 보면 된다.

예나 지금이나 양키스는 양키스다.

세계 최고의 명문 구단이고, 세계 최고의 가치를 지닌 프로 팀이다.

"절대적으로 양키스에 어울리는 투수다!"

당장 내년부터 핀스트라이프를 입고 양키 스타디움 (Yankee Stadium)에서 공을 던질 차지혁을 떠올리는 케인 브레이였다.

*　　　*　　　*

"휘유~! 오늘도 꽉 들어찼군!"

짙은 갈색 머리카락의 남자가 경기장 가득 들어찬 관중들을 바라보며 짧게 휘파람을 불었다.

예상했던 일이라 전혀 놀랍지 않았다.

오늘은 그가 선발로 등판하는 날이기 때문이다.

그가 등판하는 날에는 언제나 이렇게 구름처럼 관중들이 모여들었다.

프로 구단에게 있어 이렇게 확실한 티켓 파워를 갖춘 선수는 황금알을 낳아주는 거위와도 같았다.

보물인 셈이다.

절대 타인에게 빼앗기고 싶지 않은 보물.

"잭!"

음료와 간식거리를 사러 갔던 핸리가 호들갑을 떨며 나타났다.

사러 갔던 음료와 간식거리는 보이지도 않았다.

"핸리, 도대체 뭘 봤기에 목적도 잃어버리고 온 거야?"

"지금 음료 따위가 중요한 게 아니라고! 저길 봐!"

핸리가 한 곳을 가리키자 잭은 도대체 뭔데 그러냐는 듯 시큰둥하게 고개를 돌렸다.

화려한 금발에 뚱뚱한 중년인이 눈에 들어오는 순간 잭의 표정이 잔뜩 일그러졌다.

"빌어먹을! 저 돼지 녀석이 나타날 줄이야!"

잭은 원수를 만난 것처럼 화를 냈다.

"예상은 했지만, 설마 양키스에서 제프를 보낼 줄이야."

핸리가 제법 심각한 음성으로 말을 했고, 잭은 이를 바득바득 갈았다.

"토미는 어디로 가고 저 빌어먹을 돼지가 나타난 거야?"

"제프가 한국까지 온 이상 토미는 뉴욕으로 돌아가지 않았을까?"

"그렇겠지."

잭은 머리가 지끈거린다는 듯 관자놀이를 꾹꾹 눌렀다.

다른 누구도 아닌 제프다.

이적 성공률이 100%였기에 스카우트 세계에서는 '퍼펙트 제프'라 불리는 인간이었다.

잭은 그런 제프를 좋아하지 않는다.

일하는 구단이 다르기도 했지만, 제프의 협상 방식이 마음에 들지 않기 때문이다.

제프는 수단과 방법을 가리지 않았다.

돈을 좋아하는 선수에게는 거부할 수 없는 돈을 제시했고, 여자를 좋아하는 선수에게는 아름다운 여자들을 붙여 줬다.

가족을 중시하는 선수는 온갖 방법을 다 동원해서 가족들의 환심을 샀다.

선수 본인의 취향과 성격, 상황을 이용해서 마음을 얻는 기술은 분명 제프만의 성공 방식이다.

본받아야 할 점이기도 했지만, 제프의 경우 성공을 위해서라면 불법적인 일도 마다하지 않는다는 사실이다.

덕분에 양키스에서 돈으로 해결한 적도 적지 않았다.

그럼에도 제프는 달라지지 않았다.

그 이면에는 어떻게든 선수만 이적시키면 관대하게 용서해 주는 양키스라는 거대한 악의 제국이 버티고 서 있기 때문이었다.

"어! 제프가 이쪽으로 온다!"

핸리의 말처럼 뚱뚱하다 못해 비대한 금발 돼지, 제프가 뒤뚱거리는 모양새로 다가왔다.

"잭! 보스턴에서 여기까지 언제 온 거야? 이렇게 먼 한국에서 만나니까 괜히 더 반갑잖아?"

"난 전혀 반갑지 않은데? 토미는 언제 갔지? 한국에서까지 널 보게 될 줄은 몰랐군."

싫은 티를 대놓고 내는 잭이었지만, 제프는 피식 웃기만 했다.

"벌써부터 날 경계하는 거야? 설마 저번 일을 아직까지 담아두고 있는 거야?"

"넌 이쪽 세계를 지저분하게 만드는 암세포 같은 인간이니까."

"푸하하하! 실력이 부족해서 선수를 빼앗긴 패배자의 변명인가? 이제 보니 잭, 네가 왜 번번이 나에게 선수를 빼앗기는지 알 것 같군. 넌 뼛속까지 패배의식으로 똘똘 뭉친 인간이야. 그러니 너에게 마음을 줄 선수가 있겠어? 너와 만나서 조금만 이야기를 해보면 기분 나쁜 패배감이 전염될 테니 말이야."

"뭐라고!"

잭이 벌떡 일어나자 핸리가 다급하게 그를 붙잡았다.

"잭! 그만둬! 여기서 사고를 치면 곤란하다고!"

"폭력적인 성격도 여전하군. 선수 시절에도 그렇게 주먹질을 하더니 아직도야? 그런 성격을 하루라도 빨리 고치지 않으면 보스턴에도 네 일자리가 남아 있지 않을걸?"

제프의 빈정거림에 잭은 주먹 쥔 손을 부르르 떨었다.

마음만 같아서는 시원하게 한 방 날려주고 싶었지만, 핸리의 말처럼 한국에서 사고를 치는 순간 일자리를 잃을 것이 분명했다.

"미리 말해두지만, 차지혁은 내년부터 우리 양키스의 유니폼을 입게 될 거야. 왜냐면 내가 그렇게 만들 거니까. 괜한 노력하지 말고 당장 항공사에 전화해서 보스턴으로 돌아가는 가장 빠른 티켓을 끊는 게 좋을 거야. 하루라도 출장비를 아끼고 싶다면 말이야. 하하하하!"

여유롭게 손까지 흔들며 자신의 자리로 돌아가는 제프의 모습을 보며 잭은 바득바득 이를 갈아댔다.

"어쩌지?"

핸리가 풀이 죽은 목소리로 잭을 바라보며 물었다.

"뭐가?"

"제프가 나타났잖아. 제프가 포기하지 않는 이상 차지혁은 양키스의 선수가 된 거나 마찬가지잖아."

"멍청한 소리 하지 마! 이적 협상은 시작도 하지 않았어! 차지혁의 에이전시에서도 분명히 말을 했잖아! 시즌이 끝나기 전까지는 절대 어느 곳과도 협상 테이블을 마련하지 않겠다고."

"잭은 그 말을 믿어? 모든 에이전시는 언제나 그렇게 말을 하는 거라고. 선수의 몸값을 높이기 위한 방법이라는 걸 몰라서 하는 말은 아니지?"

핸리의 말에 잭은 대답하지 않았다.

"정말 대단하긴 하네. 고작 한국 리그에서 뛰는 선수를 위해 제프까지 한국으로 날아왔으니까. 무엇보다 아직 5월이잖아? 5월부터 이렇게 모든 메이저리그 구단들의 몸을 달아오르게 만들다니. 잭, 네가 보기엔 어때? 정말 차지혁이 그만한 가치가 있다고 생각해?"

ㅡ우와아아아아아아!

핸리의 말이 끝나기가 무섭게 관중들의 열광적인 환호성이 터져 나왔다.

남녀노소 할 것 없이 모든 사람들이 열렬히 반겨주는 선수, 차지혁은 언제나처럼 태연한 표정으로 마운드에 오르고 있었다.

"저걸 봐. 굳이 내 대답이 필요해?"

"저건 관중들의 반응일 뿐이잖아? 우리는 스카우트라고.

스카우트는 달라야지."

"핸리, 차지혁의 스펙을 몰라? 메이저리그에서도 저만한 선수는 드물어. 거기에 네 말대로 고작 5월밖에 되지 않았는데도 한국의 모든 야구팬이 열광하고 있어. 더불어 최고의 선수가 아니면 움직이지도 않는다는 제프를 보낸 양키스야. 더 이상 무슨 설명이 필요해? 정 틀렸다고 생각한다면… 미안한 소리겠지만, 핸리 넌 스카우트로서의 자격 미달이야. 내일이라도 다른 일을 찾아보는 게 좋을 거야."

핸리는 자신의 볼을 긁적거리며 그냥 해본 말이라고 작게 중얼거렸다.

잭은 천천히 주변을 돌아봤다.

익숙한 얼굴의 스카우트들이 곳곳에 자리를 잡고 앉아 있었다.

볼티모어에서 온 노리스, 디트로이트에서 온 길리언, 시카고에서 온 폴터, 한때 같이 일을 했던 LA의 디든 외에도 텍사스, 세인트루이스, 애리조나 등등 아는 얼굴만 하더라도 두 손으로 수를 세야 했다. 자신이 모르는 이들까지 생각한다면 메이저리그의 모든 스카우트가 이 경기장에 모였을지도 몰랐다.

"스트라이크!"

―와아아아아아아!

경기장을 꽉 채운 관중.

움직임 하나 빼놓지 않고 카메라에 담고 있는 각종 미디어.

작은 흠만 발견해도 놓치지 않는 기자.

수많은 스카우트까지.

이토록 많은 이들이 관심을 갖고 지켜보는 가운데에서도 젊은 18세의 신인 투수는 자신의 투구를 묵묵하게 해내고 있었다.

"세상에 정말 완벽한 투수가 존재한다면, 난 지금 내 눈으로 직접 보고 있는 거야."

아직은 부족한 점이 있었다.

그러나 잭은 확신할 수 있었다.

세상에서 가장 완벽한 투수가 될 자질을 타고난 선수가 바로 이곳, 아시아 국가인 대한민국에서 태어났다는 사실을.

*　　　　*　　　　*

찰칵! 찰칵! 찰칵! 찰칵! 찰칵!

카메라 플래쉬가 쉬지 않고 터졌다.

경기장 한쪽에 임시로 마련한 인터뷰 장소에는 많은 기

자들과 관계자들이 모여 있었다.

더불어 경기가 끝났음에도 경기장을 빠져나가지 않은 관중들까지 모든 시선을 내게로 향하고 있었다.

—우선 국내 프로 야구의 새로운 기록을 달성하신 점에 대해서 대단히 축하드립니다. 소감 한 말씀 부탁드립니다.

기자의 말에 나는 곧바로 마이크를 들고 기자들이 아닌 관중들을 향해 말했다.

"항상 응원해 주시는 모든 야구팬분들께 감사드립니다. 응원해 주시고, 격려해 주시는 팬분들이 있었기 때문에 오늘의 기록을 달성할 수 있었다고 생각하고 있습니다. 진심으로 다시 한 번 감사드립니다."

모자를 벗고 정중하게 팬들을 향해 고개를 숙여 인사했다.

여기저기서 박수 소리와 함께 함성이 나왔다.

내 이름을 크게 연호하는 이들도 있었고, 휘파람을 불며 축하한다거나 고생했다는 말을 해주는 관중들도 있었다.

"신인 후배 투수가 기록을 이어나갈 수 있도록 묵묵히 제 등 뒤를 지켜준 대전 호크스 선배님들께 감사드립니다. 오늘의 기록은 제가 아닌 대전 호크스 전체의 기록입니다. 선배님들, 그리고 감독님과 코치님들께 진심으로 감사드립니다."

이어서 더그아웃에 모여서 인터뷰 과정을 지켜보는 대전 호크스 선수들에게 깊이 고개를 숙였다.

이번에는 관중들이 대전 호크스의 이름을 크게 외쳤다.

관중들의 외침이 잦아들 때를 기다렸다가 다시 말을 이었다.

"이제 갓 고등학교를 졸업하고 프로에 처음 발을 디딘 신인 투수로서 최다 이닝 무실점 기록을 세웠다는 점에 있어서는 굉장히 기쁘고, 영광스럽게 생각하고 있습니다. 앞으로도 좋은 모습을 꾸준히 보여줄 수 있는 선수가 될 수 있도록 항상 노력하겠습니다."

대단한 기록을 세운 소감치고는 너무 밋밋했기 때문인지 몇몇 기자의 표정에는 실망감이 보였다.

그러거나 말거나 나는 마이크를 사회자에게 넘겼고, 사회자는 다시 한 기자의 질문을 받았다.

—아쉽게도 메이저리그 최고 기록을 코앞에 두고 실점을 하고 말았습니다. 이 점에 대해서는 어떻게 생각하십니까?

사회자가 건네주는 마이크를 받아 들고 대답했다.

"크게 실망하지 않습니다. 저는 이제 프로에 데뷔를 한 신인 투수입니다. 지금까지 마운드에 선 날보다 앞으로 서야 할 날이 훨씬 더 많이 남아 있습니다. 기록에 연연하지 않고 열심히 공을 던지다 보면 언제고 메이저리그 기록을 넘어서는 날이 반드시 올 것이라고 믿고 있습니다."

─차지혁 선수는 역대 그 어떤 신인 투수보다도 충격적인 데뷔전과 동시에 57.1이닝 연속 무실점이라는 대기록을 달성했습니다. 더불어 오늘 경기까지 총 81개의 탈삼진을 기록하고 있습니다. 지금과 같은 추세라면 앞으로 2경기 안에 역대 최연소 100탈삼진 기록과 최소 게임 100탈삼진 기록을 동시에 달성하게 됩니다. 기록을 의식하고 계셨습니까?

"앞서 말씀드렸다시피 전 기록에 연연해서 공을 던지진 않습니다. 또, 그럴 정도로 여유를 부릴 만한 투수가 아닙니다. 매 경기마다 어떤 타자를 상대하더라도 최선을 다해서 공을 던질 뿐입니다. 기록이라는 건 결국 누군가에 의해 깨지기 위해 기록되는 것이라고 생각합니다. 제가 세운 기록도 결국은 다른 투수가 깰 수 있다 생각합니다. 저는 항상 꾸준하게 팀을 위해, 그리고 야구팬들께 즐거운 경기를 보여드리려고 마운드에 오르는 투수로 기억되고 싶을 뿐입니다."

─올 시즌 강력한 신인왕 후보이자 MVP 후보로도 거론되고 있습니다. 신인왕과 MVP를 동시에 수상한 선수로는 2006년 유혁선 선수 이후 두 번째입니다. 어떠십니까? 신인왕과 MVP를 동시에 수상할 자신이 있으십니까?

"너무 이른 예상이라고 생각합니다. 아직 경기는 굉장히 많이 남아 있습니다."

―현재 6승 무패의 기록으로 압도적인 다승왕 1위를 달리고 있습니다. 더불어 평균자책점도 오늘 경기의 실점을 포함한다 하더라도 0.155로 다른 투수들과 비교조차 할 수 없는 상황입니다. 탈삼진 또한 마찬가지입니다. 트리플 크라운에 대한 욕심은 없으십니까?

"타이틀에 대한 욕심보다는 로테이션에 맞춰 꾸준히 선발로 등판하는 것이 최우선이라고 생각합니다. 더 이상 타이틀에 대한 질문은 노코멘트하겠습니다. 아직 리그 초반입니다. 벌써부터 타이틀을 언급하는 것은 경솔하다 생각할 뿐입니다. 다시 한 번 말씀드리지만, 저는 꾸준하게 선발로 등판하며 매 경기마다 최선을 다할 뿐입니다."

기자들과의 인터뷰는 확실히 즐겁지 않았다.

―내년부터 메이저리그로 갈 거라는 예측이 나오고 있습니다. 이 부분에 대해서 속 시원하게 한 말씀 부탁드립니다.

"내년의 일을 지금 말씀드릴 순 없습니다. 많은 분들이 아시고 계시다시피 메이저리그의 많은 구단에서 이적에 대한 협상을 에이전시로 제안해 오고 있는 건 사실입니다. 하지만 지금은 시즌 중이고, 올 시즌을 어떻게 마치느냐에 따라 결과가 바뀔 수 있을 정도로 미래의 일은 제가 예측할 수 없는 부분입니다. 분명하게 말씀드릴 수 있는 건, 지금 전 대전 호크스의 투수이고 올 시즌이 끝나는 그 순간까지는 오직 대전 호크스만을 위해 마운드에서 공을 던진다는 사실입니다."

─대전 호크스의 모기업에서 차지혁 선수의 바이아웃 금액을 상향 조정할 거라는 소문이 있습니다. 사실입니까?

"저는 모르는 사실입니다. 그리고 이적에 대한 질문도 더 이상 받지 않겠습니다. 저는 협상가가 아니라 야구 선수입니다. 협상은 에이전시에서 담당하는 일입니다. 궁금한 점이 있으시면 에이전시로 직접 연락하시길 바랍니다."

불쾌했다.

이적이라는 문제는 굉장히 민감했기에 섣부르게 꺼내선 안 되는 부분이었다.

더욱이 시즌 말도 아니고, 초기부터 이적 문제를 대놓고 꺼내는 기자와는 두 번 다시 이야기하고 싶지 않았다.

─김하연 아나운서와는 어떤 관계입니까?

어떤 정신 나간 기자의 질문에 나는 구단 관계자를 바라보며 고개를 흔들었다.

더 이상 인터뷰를 진행해야 할 의무감도, 필요성도 느끼지 못했다.

최다 이닝 무실점 기록에 대한 축하 인사와 소감을 모두 말했으니 오늘 이 자리에 선 목적은 충분히 달성한 셈이다.

내 신호를 받은 구단 관계자가 눈치껏 움직여 줘서 인터뷰를 끝낼 수 있었다.

더그아웃으로 향하는 나를 향해 질서를 지키던 기자들이 중구난방으로 질문을 퍼부었지만, 어떤 대답도 하지 않았다.

"피곤하지? 원래 기자들이 저래. 그래도 기자들하고 사이가 나쁘면 피곤해지니까 적당하게 지내는 척이라도 보여. 아니면 확실하게 우군이 될 수 있는 기자를 만들거나."

정현우 선배가 히죽 웃으며 그렇게 조언해 줬다.

선수들 가운데 기자를 좋아하는 이들은 아주 극소수에 불과했다.

하지만 아무리 기자들이 싫다하더라도 베테랑 선수들은 친밀하게 지내는 기자가 한두 명 정도는 꼭 있었다.

'우군이 될 수 있는 기자라면…….'

한 명 있다.

차동호 기자다.

혹시나 싶어 핸드폰을 확인해 보니 아니나 다를까, 차동호 기자에게서 문자가 와 있었다.

한국 신기록 세운 것 축하합니다.

앞으로도 꾸준한 모습 기대하겠습니다.

언제 시간 되면 간단하게나마 인터뷰 부탁해도 되겠습니까?

차동호 기자라면 날 곤란하게 만들 질문이나 예민한 부분을 건드릴 사람이 아니었기에 시간 되면 연락하겠다는 답장을 보내주고는 샤워실로 향했다.

샤워를 하고 짐을 챙겨 나오자 뜻밖의 사람이 날 기다리고 있었다.

"축하해요."

강하영이었다.

프론트 직원이라 얼굴을 마주하는 날은 많았지만 서로 특별한 대화를 나누지도 않았고, 더욱이 나에게 대시를 했던 여자였던 만큼 단둘이 얼굴을 마주한다는 것 자체가 내겐 껄끄럽기만 했다.

"감사합니다."

간단하게 인사만하고 지나치려고 하자, 강하영이 앞을 막아섰다.

"내가 그렇게 싫은가요?"

"예?"

슬픈 표정을 하고 있었다.

항상 밝게만 보이던 얼굴이 슬픈 표정을 하고 있으니 어울리지도 않았고, 무엇보다도 괜히 미안한 감정이 들었다.

"내가 왜 싫은지 말해줄 수 있어요?"

싫은 이유?

딱히 생각해 본 적이 없다.

그냥 지금 여자를 사귄다는 것 자체를 생각해 보지 않았기 때문이다.

오랜 시간 선수 생활을 하려면 지금만큼 중요한 시기도 없었다.

더군다나 하이에나처럼 날 노리는 기자들에게 괜한 먹잇감을 던져 주고 싶지도 않았다.

외롭지 않느냐는 지아나 장형수의 말에 여전히 그렇다고 자신 있게 대답할 수 있었다.

언제고 나도 좋은 여자를 만나 부모님처럼 행복한 가정을 꾸려야겠지만, 그 시기가 지금은 아니었다.

"준비가 되지 않았을 뿐입니다."

길게 설명할 필요 없다 여겨 그렇게 대답했다.

똑똑한 여자라면 알아들을 거고, 그렇지 않다면 엉뚱한 소리로 날 귀찮게 하겠지.

강하영이라면 당연히 전자일 거라 여겼다.

"그럼 차지혁 선수가 준비가 될 동안 기다려도 되요?"

이건 생각해 보지 못한 대답이다.

그러냐며 순순히 물러날 거라 여겼던 내가 너무 바보 같았나?

"그건……."

"기다릴게요. 나, 기다릴 수 있어요."

강하영은 내 대답보단 자신의 결심만 말했다.

"기다릴 테니까 기회만 줘요. 내가 차지혁 선수의 곁에 남을 수 있는 여자인지 그걸 확인할 수 있는 기회만 줘요. 내 부탁… 들어줄 건가요?"

지아야, 이럴 때는 어떻게 대답해야 하는 거야?

지금 난 그 누구보다도 지아가 간절하게 생각났다.

*　　　*　　　*

"아쉽네."

에바는 차지혁 선수가 57.1이닝으로 최다 이닝 무실점 기록을 마쳤다는 사실에 진심으로 아쉬워했다.

정말 좋은 투수고, 멋진 투수였기에 에바도 어느 순간부터 차지혁의 경기를 꼬박꼬박 챙겨보고 있었다.

오늘도 차지혁은 다른 때와 다르지 않은 강력한 구속과 구위를 주무기로 상대 타자들을 압도했다.

5회까지 퍼펙트한 경기를 진행시키며 TV를 지켜보는 내 내 가슴 떨리게 만들었다.

그러나 6회부터 분위기가 살짝 변했다.

상대 팀 타자들이 끈질기게 물고 늘어지자 투구수가 서서히 늘어났고, 결국 8회에 실점을 하고 말았다.

"실투만 아니었어도 2루타를 맞진 않았을 텐데."

타점을 허용했던 좌측 펜스를 직격하는 2루타는 명백한 실투였다.

투수라면 절대 피해갈 수 없는 실투.

컷 패스트볼이 밋밋하게 들어가면서 한가운데로 몰린 공을 타자가 작정하고 때렸던 거다.

오히려 차지혁 입장에서는 투런 홈런을 맞지 않은 걸 다행으로 여겨야 할 판이었다.

그렇게 실점을 한 차지혁은 8회까지 마운드를 지켰고, 9회에는 다른 투수에게 마운드를 물려주며 시즌 6승을 챙길 수 있었다.

차지혁의 인터뷰를 지켜보던 에바는 핸드폰 벨이 울리자 액정을 확인하고는 곧바로 통화 버튼을 눌렀다.

—에바! 방금 차지혁 선수 경기 봤어?

"응. 아쉽더라."

—진짜 아쉬워. 하필이면 거기서 2루타를 맞을 줄 누가

알았겠어? 상대 팀 팬들에게는 미안하지만 타자가 너무 미운 거 있지?

"혜영처럼 생각하는 사람들이 많았을 거야."

―그렇겠지. 그런데 한편으로는 잘됐을지도 몰라. 솔직히 표현은 안 했어도 차지혁 선수 본인 스스로 얼마나 부담이 심했겠어? 나라면 아마 제대로 공도 던지지 못했을 거야. 그렇게 생각하니까 정말 대단한 선수인 건 맞나 봐. 에바도 그렇게 생각하지?

"물론이지. 차지혁처럼 잘 던지는 투수는 메이저리그에도 그렇게 흔하질 않아. 정말 좋은 투수야. 그런데 이런 말 하려고 전화한 거야?"

―아! 내가 너무 흥분했나 봐. 다른 게 아니라, 에바 너희 학교 교환 학생 프로그램 좀 알아봐 줄 수 있어?

"교환 학생?"

―응. 가능하면 나도 내년쯤에 교환 학생으로 가볼까 싶어서. 유학을 가면 좋은데, 아빠가 혼자 유학 가는 건 절대 안 된다고 해서… 에바처럼 2년 정도 교환 학생 프로그램이 있으면 딱 좋을 것 같아.

"알아볼 수 있어. 그런데 왜 갑자기 미국으로 가겠다는 거야?"

―응? 에바를 보니까 나도 괜히 다른 나라에서 공부하는

것도 좋을 것 같고…….

"그리고?"

―그리고 뭐…….

우물쭈물 말을 제대로 잇지 못하는 정혜영의 음성에 에바는 마침 TV에서 차지혁 선수의 메이저리그 이적 관련 인터뷰를 확인하고는 혹시나 하는 마음으로 물었다.

"설마 차지혁 선수가 메이저리그로 이적할지도 모르니까 따라가려는 건 아니겠지?"

―무, 무슨 소리야! 그리고 차지혁 선수랑 나랑 무슨 사이라고 내가 미국까지 따라가겠어? 에바도 참! 어쨌든 교환학생 프로그램 좀 잘 알아봐 줘. 대신 내가 맛있는 밥 사줄게!

서둘러 통화를 끊어버리는 정혜영으로 인해 에바는 자신의 예감이 왠지 맞을 것 같았다.

"혜영이 이렇게 무모했었나?"

에바는 정혜영이 참 무모하다고 생각했다.

더불어 그녀의 말처럼 서로 잘 알지도 못하는 사이인데 미국까지 따라가서 뭘 하겠다는 건지 이해할 수도 없었다.

물론, 표면적으로는 공부를 하겠다는 목적이 있지만 말이다.

정혜영의 인생이니 그녀가 알아서 잘 선택하겠지라고 생

각하며 에바는 TV를 끄려다 차지혁이 내년부터 메이저리그에서 뛸 수도 있다고 생각하니 이왕이면 자신이 응원하는 필라델피아 필리스에서 뛰었으면 하는 바람을 가졌다.

"정말 멋진 일이 될 텐데."

필라델피아 필리스의 유니폼을 입고 공을 던지는 차지혁을 상상하니 에바는 가슴이 두근거렸다.

*　　　*　　　*

"그래서? 찍 소리도 못하고 그냥 왔다고?"

"그건 아니고 내 상황을 설명했지."

"어쨌든 결론은 같잖아? 기다린다며? 그러라고 했다며?"

심장을 옥죄어오는 것 같은 칼날 같은 지아의 눈초리가 부담스러웠다.

"기다리지 말라고 분명하게 말했어."

이 점은 확실하게 짚고 넘어 가야 한다.

난 분명 기다리지 말라고 확실하게 말을 했다.

"그래서 대답도 들었고?"

"나중에 내가 준비가 되면 기회만 한 번 달라고 하던데?"

"그래서?"

"난 기다리지 말라고만……."

퍽!

지아의 작은 주먹이 복부를 가격해 왔다.

갑작스런 주먹질이었지만, 고통은 딱히 없었다.

"인간아! 그게 기다려도 좋다는 뜻이잖아!"

"난 분명 기다리지 말라고 했다니까."

"기회를 준다며?"

"준다고는 안 했어."

"안 준다고 한 것도 아니잖아?"

"난 분명히 기다리지 말라고……."

"답답한 소리 하고 있네! 아홉 번 거부해도 한 번 허락하면 그 한 번을 전부로 받아들이는 게 여자야! 기다리지 말라고 했으면 기회도 없을 거라고 똑바로 말을 했어야지, 왜 거기서 확실하게 대답을 안 해서 희망을 갖게 만들어! 기다리지는 마라, 하지만 기회는 줄 수도 있다. 너를 기다리게 만드는 건 내 양심상 어쩔 수 없이 거부하지만 내가 준비가 되었을 때, 다시 나에게 대시를 하는 건 네 마음이니 마음대로 해라! 이렇게 받아들일 거라고는 생각해 보지 않았어?"

그게 그렇게 해석이 가능한 건가? 이해할 수 없었다.

"내일이라도 다시 말할까?"

"미쳤냐! 얼마나 덜떨어지게 보이고 싶어서? 아니다, 차라리 그렇게 해. 나 완전 덜떨어진 놈입니다, 라고 광고하고 다녀라! 혹시 아냐? 저런 덜떨어진 야구 바보를 내가 왜 좋아했을까? 하면서 물러나게 될지도."

꼭 말을 해도 저렇게까지 해야 할까?

보아하니 30분 정도는 설교를 늘어놓을 것 같았다.

아무리 생각해도 괜히 지아에게 말을 한 것 같았다.

차라리 그냥 모르고 넘어가도록 할 걸 하는 후회가 들었다.

지아는 잔소리를 할 거란 내 예상과는 다르게 방문을 열고 나가 버렸다.

낯선 지아의 모습에 얼떨떨한 기분이 들었지만, 시끄러운 잔소리를 피할 수 있게 되었다고 생각하니 편안하게 휴식을 할 수 있어 나쁘지 않았다.

책장에서 야구 관련 서적을 집어 들었을 때, 방문이 벌컥 열렸다.

우리 집에서 내 방문을 저렇게 함부로 벌컥 열 수 있는 권한은 오직 지아 한 사람밖에 없었다.

'그럼 그렇지.'

지아 성격에 가만히 있을 리가 없다.

작게 한숨을 내쉬며 고개를 돌리자 지아가 대뜸 나에게로 책 한 권을 던졌다.

툭.

"뭐야?"

"읽어! 책이라도 읽어서 연애가 어떤 건지, 여자 마음이 어떤지 좀 느껴! 꼭 다 읽어라. 내가 검사한다."

그 말을 남기고 지아는 방을 나갔다.

손에 들린 책을 바라봤다.

늑대와 여우의 밀당.

뾰족뾰족하게 생긴 남자와 얼굴의 절반을 차지하는 눈을 가진 여자의 모습이 그려진 순정 만화였다.

"내가 왜 이걸 읽어야 하지?"

살짝 짜증이 났지만, 지아의 말이 떠올랐다.

'세상에서 가장 한심한 남자가 어떤 남자인 줄 알아? 돈 잘 버는 모태솔로 동정남이야, 그런 남자들은 속이 시커먼 여우같은 년한테 홀랑 넘어가서 치마폭에 휩싸여서 가족도 나 몰라라 하다가 결국은 늙어서 버림받거든! 오빠가 딱 그 짝이야! 제발 야구에만 매달리지 말고 연애도 좀 하고, 달달한 드라마도 좀 보고, 여자가 어떤 동물인지 제대로 파악 좀 해!'

옛말에도 있다.

집안에 여자가 잘못 들어오면 폐가망신을 면하지 못한다
고.

물론, 남자도 마찬가지다.

"후우……."

그렇다고 방에서 혼자 여자들이나 보는 순정만화를 보고
있어야 한다니 절로 한숨이 나왔다.

Chapter 8

《슈퍼 루키 차지혁! 한국 프로 야구 역대 최연소(만18세 7개월 9일) 100K 달성!》

《기록 파괴자 차지혁! 단일 시즌 최소 경기(9경기) 100탈삼진으로 새로운 기록 작성!》

《4월에 이어 5월에도 이달의 선수상을 거머쥔 신인 투수 차지혁!》

《10전 8승 무패! 괴물보다 더 괴물 같은 투수!》

《국내 프로 야구 리그를 초토화시키고 있는 슈퍼 루키 차지혁!》

《차지혁의 투구를 보기 위해 구름처럼 몰려드는 관중들! 한국 프로 야구의 넘버원 흥행 보증 수표임을 입증하다!》

《차지혁 선발 경기 암표로 얼룩지다!》

《6월 5일 차지혁 선발 등판 경기, 역대 최고 시청률 기록!》

《차지혁 관련 상품 물량 부족으로 대기자만 수천 명!》

《차지혁을 메인 모델로 내세운 국내 스포츠 업체 'Woool' 한 달 사이 매출 600%로 폭발적인 성장세 기록!》

《광고업계, 차지혁과 계약하면 대박이라며 차지혁 모시기에 혈안!》

"자동차 광고요?"

"신형 SUV차량인데……."

"저 면허도 없습니다."

"유명 프랜차이즈 피자 업체의 광고로……."

"저 웬만해서는 피자 잘 먹지 않습니다."

"이번에 분양 예정인 서울 마포에 위치한 대형 아파트 광고 모델로……."

"아파트 광고죠? 저보고 차라리 마약 광고를 하라고 하세요."

"라면 광고는……."

"한국 사람이 밥을 먹어야 힘을 쓰지 않을까요?"

"식품 업체에서 즉석 밥 광고 제안을……."

"그거 한참 전에 만들어 놓고 먹는 건데 건강에 좋지 않겠죠?"

"건강식품 광고가 들어왔는데……."

"허위 과장 광고가 많다면서요?"

"은행에서 광고 모델로……."

"요즘 은행 이자는 형편없는데, 대출 이자는 엄청나죠?"

"핸드폰 광고는……."

"2년도 못 쓰는 핸드폰을 굳이 광고할 필요가 있습니까?"

"가구 업체에서……."

"대부분 값비싼 수입산 가구죠? 이왕이면 국내 업체가 좋을 것 같습니다."

"스포츠 음료 광고……."

"음료가 아무리 좋아도 물보다 좋겠어요?"

"생수 CF가 들어왔는데……."

"물은 끓여 먹는 게 제일 좋지 않나요? 우리 집은 항상 어머니가 보리차나 옥수수차를 끓여서 먹고 있어서 생수는 영 먹기 불편하던데요. 저번에 대표님도 우리 집 물이 세상에서 제일 맛있다고 하셨잖아요? 설마 어머니 기분 좋으라고 빈말하신 겁니까?"

황병익 대표는 졌다는 듯 더 이상 광고에 대해서 말을 하지 않았다.

광고를 하지 않겠다는 건 아니지만, 대부분의 광고들이 딱히 마음에 들지 않았다.

더욱이 광고를 찍으려면 무조건 7월 휴식월에만 가능한데, 일정을 맞추기도 쉽지 않아 이왕이면 광고는 하지 않았으면 하는 게 내 개인적인 바람이었다.

광고료의 단가가 엄청나게 올랐다는 말은 들었다.

웬만한 톱스타보다 더 비싼 몸이라고 했다. 하지만 정작 중요한 내가 당장 돈이 필요한 일이 없었다.

부모님도 운동에 방해가 되는 광고라면 굳이 찍을 필요가 있냐는 식으로 말씀을 하셨고, 나 역시 같은 생각이었다.

더군다나 스폰서 계약을 체결한 울로부터 순이익금의 7%를 받기로 되어 있었고, 계약금과 여유자금으로 사들인 주식도 가파르게 상승하고 있었기에 돈에 대한 절실함이나 간절함도 없었다.

이건 아버지의 철칙이기도 했다.

사람은 생활을 함에 있어 불편함이 없을 정도로만 돈을 지니고 있으면 된다.

어차피 대부분의 사람은 아무리 노력을 해도 재벌이 될

수 없고, 설령 재벌이 된다 하더라도 그 돈을 다 쓰지도 못하고 지키기에 급급해서 인생을 여유롭게 살지 못한다고 했다.

맞는 소리다.

돈이라는 건 절대적으로 상대적인 부분이다.

스스로 만족하지 않는 이상 절대 만족할 수 없는 귀물이기에 나는 아버지로부터 돈의 노예가 되지 말라는 말을 귀가 따갑도록 듣고 자랐다.

"대표님."

황병익 대표가 슬쩍 날 바라봤다.

그 기분을 모르는 건 아니다.

황금알을 낳아줘야 할 오리가 파업을 하고 있으니 오죽 속이 상할까.

그렇지만 황병익 대표가 정말로 날 미워한다거나 원망하는 게 아니라는 것쯤은 잘 알고 있다.

내가 울과 스폰서 계약을 하면서 황병익 대표도 회사 돈과 개인 돈을 상당 부분 들여 울의 주식을 사뒀기 때문이다.

지속적으로 상승하고 있는 주식만 팔아도 넉넉히 4배 이상은 이익이라는 걸 나는 잘 알고 있었다.

"모델료를 많이 주는 기업의 광고보다는 여러 가지로 의미 있는 광고로 알아봐 주세요."

"공익 광고를 말하는 겁니까?"

"예. 어려운 사람들을 도와줄 수 있는 그런 광고면 더 좋습니다."

이 역시 아버지와 어머니의 영향이다.

아버지와 어머니는 나를 가졌을 때부터 해외의 불우한 소년을 위해 매달 5만 원씩의 후원금을 내고 계셨다.

가난한 나라에서 태어나 변변한 교육도 못 받고, 건강을 위협하는 생계 속에서 하루하루를 고달프게 살아가는 소년을 위한 일이지만, 그 이면에는 남을 도움으로써 뱃속에서 자라나고 있는 내가 건강하고 바르게 자라길 바라는 마음에서 시작한 후원이었다.

낯선 아이의 사진을 보며 흐뭇하게 웃던 부모님의 모습은 정말 행복해 보였다.

후원을 받는 아이가 주기적으로 감사의 편지와 사진을 보내올 때마다 부모님을 그 편지와 사진을 보며 도란도란 이야기를 나누셨고, 나와 지아 역시 낯선 땅에서 우리 부모님에게 아버지, 어머니라 부르는 낯선 형과 동생들을 보며 많은 생각을 할 수 있었다.

지금은 해외와 국내를 통틀어 십여 명이 넘는 아이를 후원하고 계셨고, 나에게도 금액에 연연하지 말고 남을 도우라고 하서서 매달 상당한 액수의 돈을 기부하고 있는 상태였다.

그렇게 내가 후원을 해주기 시작한 사진으로만 본 아이들이 나에게 '후원자님'이라며 편지를 써주고 있었다.

낯선 땅에서 얼굴 한 번 대면한 적 없는 아이들이 나에게 고마운 마음을 전하기 위해 삐뚤삐뚤 손으로 편지를 써서 보낸 걸 보면 괜히 가슴이 벅차오르는 기분을 느끼기도 했다.

야구 외엔 아는 것이 없지만, 이 세상은 모든 사람이 함께 어울려 사는 곳이라는 건 안다.

내가 후원해 준 아이들이 자라나서 야구를 보며 팬이 될수도 있고, 혹은 훌륭한 야구 선수가 될 수도 있다. 또 그 아이들의 자식들 또한 야구를 보며 자랄 수도 있다. 그렇게 더 많은 사람이 야구를 좋아해 주면, 차지혁이라는 위대했던 투수가 있었다는 것도 널리 알리게 되니 단순하게 본다면 나를 위한 일이기도 했다.

"…부끄럽네요."

황병익 대표가 나를 바라보며 그렇게 대답했다.

"예?"

"세상을 훨씬 많이 살았음에도 차지혁 선수가 생각하는 것의 반도 따라가질 못하니 부끄럽습니다."

"무슨 말씀이세요. 제가 야구 외에 아는 게 뭐가 있다고 그러세요. 그리고 칭찬을 하시려면 아버지와 어머니를 칭찬하세요."

"당연히 아버님과 어머님 두 분은 칭찬받아 마땅합니다. 이토록 바르게 자식을 키운다는 게 어디 쉬운 줄 아십니까? 우리 아들놈을 생각하면… 에휴!"

고개를 절레절레 저으며 깊은 숨을 토해낸 황병익 대표가 다시 말을 이었다.

"어쨌든 차지혁 선수의 뜻이 뭔지 잘 알았으니 그쪽으로 광고를 알아보겠습니다. 국내든 해외든 상관은 없는 겁니까?"

"이왕이면 국내가 좋지만, 딱히 고르진 않겠습니다."

"알겠습니다. 차지혁 선수라면 너도나도 환영할 겁니다."

"그러면 저야 좋죠."

황병익 대표는 너무 많은 곳에서 광고 제의를 할까 봐 걱정이라며 웃었다.

다른 건 몰라도 이런 일에 시간을 투자하는 거라면 최대한 많은 시간을 쓸 용의가 있었다.

"그건 그렇고, 이번 올스타전 선발투수 부문에서 압도적으로 1위를 달리고 있습니다. 전체 투표수에서도 2위와의 격차가 2배가량 나고 있습니다."

"예. 알고 있습니다. 그렇지 않아도 벌써부터 감독님이 올스타전에 출전할 거냐고 묻더군요."

2020년부터 올스타전 투표 방식이 변경되어 투수는 선발, 중계, 마무리 부문으로 나눠 모든 투수를 대상으로 팬 투표를 실시하고 있었다.

투표 순위에 따라 올스타로 선정되면 올스타전 출전이 가능해지지만, 선발투수들의 경우 아무리 2이닝에서 3이닝을 던진다 하더라도 로테이션에 따라 경기에 지장을 줄 수 있기에 감독들은 이 부분을 신경 써서 로테이션을 새로 짜야만 했다.

만약 내가 올스타전에 출전을 한다고 하면, 올스타전이 열리는 7월 30일에 공을 던지기에 페넌트 레이스 후반기가 시작되는 8월 1일에는 선발로 등판할 수가 없게 된다.

휴식기를 거쳐 등판하게 되니 8월 4일이 선발 등판일이 되는 셈이다.

문제는 1일이 아닌 4일에 등판을 하게 되면 후반기 전체 일정에서 1경기를 덜 치르게 된다는 점이다.

대전 호크스에서 확실한 승리 카드이자 흥행 카드인 내가 1경기를 더 뛰느냐, 못 뛰느냐는 감독과 구단 입장에는 꽤 민감한 사안이었다.

"현재 대전 호크스의 성적을 감안한다면 차지혁 선수가 한 경기를 더 선발로 등판하느냐, 못 하느냐가 가을 야구로 가느냐, 못 가느냐로 판가름이 날 수도 있으니 그렇겠군요."

현재 대전 호크스의 성적은 4위다.

눈부신 성장세고, 그 일등 공신은 당연히 나에게 있었다.

성적만 놓고 본다면 현재 나는 8승 투수일 뿐이다.

하지만 선수단 전체를 이끌어 가는 힘이 있었다.

에이스라는 막중한 임무를 부여받고도 훌륭하게 선발로 등판했고, 많은 팬들의 관심이 나를 통해 대전 호크스 전체에게도 이어졌기에 선수단의 사기와 긴장감도 덩달아 높아져 그것이 좋은 경기력으로 이어졌다.

결정적으로 현재 프로 야구 순위가 워낙 팽팽했기에, 만약 후반기 막판에도 지금처럼 팽팽하게 순위를 유지한다면 확실한 1승 카드를 쥐고 있느냐, 없느냐는 분명 큰 변수로 작용할 확률이 컸다.

"그래도 우선 올스타전은 출전해야죠."

팬들이 직접 뽑아주는 영광스러운 명예다.

그런 명예를 그냥 넘길 순 없었다.

*　　　　*　　　　*

─시청자 여러분 안녕하십니까! 6월 27일 토요일, 대전 호크스 대 창원 타이탄스의 경기를 창원 야구장에서 진행해 드리겠습니다. 해설에는 박호준 해설위원께서 수고해 주시겠습니다. 오늘 경기 박호준 해설위원께서는 어떻게 예상하십니까?

─오늘 경기 참 재밌을 것으로 예상을 하고요, 우선 오늘 경기에 앞서 투타에서 활약을 하게 될 키 플레이어들부터 살펴볼 필요성이 있어요. 자, 대전 호크스의 키 플레이어로는 두말할 것 없이 선발투수인 차지혁 선수와 3번 타자인 메이슨 발레타 선수를 꼽을 수 있겠고요, 창원 타이탄스에서는 마찬가지로 에이스 선발투수 프레디 에르난데스 선수와 1번 타자 존 휴즈 선수가 어떤 활약을 펼치느냐에 따라 오늘 승패의 향방이 결정될 것으로 보입니다.

─오늘 양 팀의 선발 맞대결이 아주 팽팽하겠습니다. 대전 호크스의 차지혁 선수야 두말할 것 없을 정도로 전반기 국내 최강의 토종 에이스로 우뚝 섰고, 창원 타이탄스의 에이스 프레디 에르난데스 선수는 현재 8승으로 차지혁 선수 다음으로 다승 2위에 이름을 올리고 있습니다.

─더욱이 대전 호크스와 창원 타이탄스는 현재 3, 4위 순위 싸움이 아주 치열하지 않습니까?

―그렇습니다. 현재 양 팀 간의 경기 차이는 1게임 차이일 뿐입니다.

―그렇죠. 더군다나 어제 1차전에서 대전 호크스가 역전을 허용하며 아쉽게 패배를 하고 말았으니, 오늘 차지혁 선수가 선발로 나온 만큼 반드시 승리하며 승부의 추를 원점으로 돌려놓으려고 할 겁니다.

―차지혁 선수에 대해서 말을 하지 않고 넘어갈 수가 없습니다. 우선 차지혁 선수는 개막전 데뷔 선발부터 시작해서 오늘 경기까지 선발 등판을 로테이션에 맞춰서 꾸준히 소화하고 있습니다. 더욱이 놀라운 것은 현재 14게임 선발로 등판해 무패라는 사실입니다. 정말 어마어마하다고밖에 설명이 되질 않습니다.

―국내에 이런 선수가 등장했다는 것 자체가 국민적으로 행복한 일 아니겠어요? 말씀하신 것처럼 현재 차지혁 선수는 14게임에 선발로 등판해서 11승 무패를 기록하고 있죠. 참 기가 막히는 기록입니다. 오늘 경기 전까지 무려 106이닝을 소화했고, 144개의 탈삼진과 7개의 볼넷만을 기록하고 있으며, 391타자를 상대로 40개의 피안타밖에 맞질 않았어요. 선발투수의 피안타율이 0.104라는 게 믿기지 않을 뿐이죠. 무엇보다 106이닝을 소화하면서 실점이 고작 4점뿐인데, 평균자책점이 0.339로 경이적이라고밖에 설명할

말이 없어요. 차지혁 선수가 오늘 경기, 그리고 후반기에 어떤 모습을 보일지 모르겠으나, 이런 성적을 유지한다면 솔직한 말로 더 이상 국내에 남아 있을 이유가 없다고 봅니다.

―그 말씀은 내년부터라도 당장 메이저리그로 가는 게 맞다고 보시는 겁니까?

―물론이죠. 사실 선수 간 이적이 자유로운 이 시대에 구태여 차지혁 선수가 국내에 남아 있어봐야 무슨 소용이 있겠어요? 차지혁 선수라면 메이저리그에서도 대단히 좋은 모습을 보여줄 것이 확실하죠. 그리고 실제로도 차지혁 선수의 바이아웃 금액이 350억으로 이미 대다수의 메이저리그 구단에서 이적 협상을 준비 중이라고 하죠.

―올 시즌 차지혁 선수가 새롭게 경신한 기록들도 대단히 많습니다. 데뷔전 노히트노런부터 시작해서 역대 최연소 100탈삼진과 단일 시즌 최소 경기 100탈삼진을 동시에 이뤄냈고, 57.1이닝 연속 무실점 기록도 세웠습니다. 한 설문조사 기관에서 야구팬들을 대상으로 재밌는 설문을 했습니다. 올 시즌 차지혁 선수가 꼭 이뤄주었으면 하는 신기록이라는 설문인데, 박호준 해설위원께서는 혹시 예상되는 기록이 있으십니까?

―우선 가장 눈에 띄는 건 역시 시즌 최고 평균자책점 아

닐까요? 현재 국내 기록은 1993년 선동영 투수가 기록한 0.78이죠. 현재 차지혁 선수가 0.33을 기록 중이니 새로운 기록에 도전해 볼만 하다고 생각이 드네요.

　―맞습니다. 시즌 최고 평균자책점 달성이 2위로 꼽혔습니다. 그리고 1위로는 역시 투수라면 누구나 꿈을 꾼다는 퍼펙트게임 달성입니다. 현재 국내 프로 야구에서는 단 한 번도 없었던 퍼펙트게임을 차지혁 선수가 꼭 이뤄줬으면 좋겠다는 설문이 압도적이었습니다. 재밌는 사실은, 차지혁 선수는 이미 고교 리그에서 퍼펙트게임을 해봤다는 점입니다. 그리고 데뷔전 선발 경기도 사실상 퍼펙트나 다름없는 경기라 볼 수 있으니 팬들은 차지혁 선수가 국내에서 꼭 퍼펙트게임을 달성하고 해외 진출을 했으면 한다고 합니다. 그 외의 기록으로는 연속타자 삼진, 연속이닝 무피안타, 시즌 최다 탈삼진, 한경기 최다 탈삼진 등으로 투수의 모든 기록을 차지혁 선수가 새롭게 경신했으면 한다는 재밌는 설문 조사가 있었습니다.

　―이제 갓 고등학교를 졸업하고 프로에 데뷔한 신인 투수에게 수십 년의 역사를 지닌 한국 프로 야구의 각종 기록을 모두 깨버려 달라는 야구팬들의 설문이 한편으로는 씁쓸한 기분이 들기도 하군요.

　―그렇습니다만 한편으로는 역대 최고의 투수가 나타났

다는 뜻 아니겠습니까? 더불어 차지혁 선수가 각종 기록을 경신하고 메이저리그에서도 한 팀의 에이스로서 확실하게 자리를 잡는다면 충분히 자랑할 만한 일이 되지 않겠습니까?

―그러네요. 시즌 초, 차지혁 선수가 했던 말이 다시 한 번 생각이 나네요. '국내 최고가 세계 최고임을 보여주고 싶다' 라는 다짐이 꼭 이루어졌으면 하는 바람입니다.

―차지혁 선수라면 분명 국내를 넘어 세계 최고의 무대인 메이저리그에서도 최고임을 입증하게 될 날이 올 것이라고 믿습니다! 자, 말씀드리는 순간 1회 초 대전 호스크의 공격부터 시작되겠습니다.

프레디 에르난데스는 좋은 투수다.

195㎝의 큰 키에서 내리찍는 포심 패스트볼은 평균 구속 153㎞로 상당히 빨랐다.

컨디션이 좋아 제대로 긁히는 날에는 158㎞까지 던져 대니 타자들 입장에서는 공략하기가 쉽지 않았다.

제구력도 수준급이고 공의 무브먼트도 좋았지만, 딱 한 가지 체력이 좋지 않다는 점이 너무나도 큰 약점으로 자리를 잡고 있었다.

퍼엉!

"스트라이크! 타자 아웃!"

몸 쪽 깊숙하게 파고들어 온 155㎞의 포심 패스트볼에 진주호 선배는 꼼짝도 못하고 루킹 삼진을 당하고 말았다.

3루수의 실책으로 1루에 나가 있는 정현우 선배는 호시탐탐 도루를 노리고 있었지만, 프레디 에르난데스의 견제가 워낙 좋아서 좀처럼 기회를 잡지 못하고 1루에 발이 묶여 있는 상황이었다.

1사·1루 상황에서 3번 타자 메이슨 발레타가 타석에 들어섰다.

현재 리그 타율 0.354라는 높은 성적과 홈런도 17개나 때려내고 있는 메이슨 발레타는 대전 호크스에서 가장 무서운 타자였다.

4번 타자 자리를 장태훈 선배와 그랜트 커렌이 번갈아가며 차지하는 것과 다르게 메이슨 발레타는 부동의 3번 타자로 1번 정현우, 2번 진주호 선배의 테이블 세터가 만들어주는 타점을 꼬박꼬박 잘 먹어주고 있었다.

"볼."

초구는 바깥쪽을 살짝 빠져나가는 낮은 볼이었고, 한창 컨디션이 절정에 오른 메이슨 발레타는 꼼짝도 하지 않으며 자신의 선구안을 자랑했다.

'나라면 스트라이크 존을 통과하는 몸 쪽 높은 공을 던

진다.'

메이슨 발레타는 보통 2스트라이크가 되기 전까지는 몸 쪽 공을 잘 건드리지 않았다.

못 쳐서 안 건드리는 것이 아니라, 원하는 타구를 만들어 내기가 쉽지 않았기에 건드리지 않는 것이다.

어차피 타자는 3개의 스트라이크 중 하나만 제대로 때려 내면 된다.

굳이 2번이나 되는 기회를 어렵게 타격할 필요가 없었 다.

나와는 다르게 프레디 에르난데스는 스트라이크 존을 통 과하는 낮은 쪽 공을 던졌다.

155㎞가 나올 정도로 빠른 포심 패스트볼이었고, 자신 있 게 배트를 휘둘렀던 메이슨 발레타는 생각보다 빠른 공을 제대로 맞추질 못해 주심 머리 뒤로 날아가는 파울 타구를 만들고 말았다.

1스트라이크 1볼 상황에서 프레디 에르난데스가 던진 3번 째 공은 몸 쪽으로 휘어져 들어가는 고속 슬라이더였고, 내 예상대로 메이슨 발레타는 배트를 휘두르기보다는 스트라 이크를 먹고 말았다.

2스트라이크 1볼이 되자 프레디 에르난데스의 표정이 한 결 여유롭게 변했다.

확실히 투수에게 유리한 볼카운트였으니 같은 투수 입장에서 충분히 이해가 갔다.

하지만 상대가 메이슨 발레타라는 걸 간과해서는 안 되는 거였다.

따악!

타구는 쭉 뻗어서 우익수 옆으로 빠지면서 빠르게 굴러 펜스에 맞고 튕겨져 나왔다.

우익수가 타구를 잡는 사이 1루에 있던 정현우 선배는 2루를 돌아 3루까지 도착했고, 메이슨 발레타는 느린 발로 인해 1루에서 멈춰서고 말았다.

"저건 완벽한 2루타 코스였는데!"

더그아웃에서 누군가 그렇게 소리쳤다.

보통의 주력만 갖추고 있었더라도 충분히 2루까지는 갈 수 있는 타구였던 건 사실이다.

그렇다고 깨끗하게 안타를 치고 나간 메이슨 발레타에게 욕을 할 수 있는 사람은 아무도 없었다. 다만, 무리를 해서라도 2루까지 갔으면 어땠을까 하는 아쉬운 생각만 해볼 뿐이다.

안타를 치고 나간 메이슨 발레타를 못마땅한 눈으로 바라보던 프레디 에르난데스는 타석에 들어선 4번 타자 장태훈을 상대하기 위해 포수와 사인을 주고받았다.

"여기서 태훈이가 한 방 해주면 오늘 경기 진짜 쉽게 갈 텐데."

"그렇죠. 오늘 선발이 지혁이니까 아무래도 초반에 2점만 내면 승기를 잡았다고 할 수 있겠죠."

날 믿고 의지하는 선배들의 음성을 들으며 장태훈 선배의 타율을 떠올렸다.

2할 5푼 4리. 좋지 않다.

시즌 초반 무섭게 홈런을 몰아쳤던 것과 비교해서 현재 홈런 13개는 분명 부진하다 할만 했다.

성적만 놓고 보면 3번 타자 메이슨 발레타가 압도적으로 높았다.

타율, 홈런, 장타율, 출루율과 타점까지 모든 면에서 리그 최상위권에 존재하고 있었으니 비교 대상 자체가 될 수 없었다.

딱 2가지만 장태훈 선배가 메이슨 발레타보다 높았는데, 그게 바로 삼진과 병살타였다.

부웅!

더그아웃에서도 들을 수 있을 정도로 장태훈 선배의 배트가 무리하게 돌아가고 있었다.

타율은 떨어지고 홈런은 터지질 않으니, 조바심에 스윙 밸런스가 시즌 초와는 비교될 정도로 무너져 있는 것이다.

감독과 코치들이 여러 차례 조언을 했음에도 소용없었다.

장태훈 선배는 무언가에 쫓기는 사람처럼 조급한 모습을 보이고 있었다.

슬럼프라는 건 누구에게나 온다.

문제는 슬럼프에 빠졌을 때 어떻게 대처하느냐가 중요했는데, 장태훈 선배는 최악의 방법으로 슬럼프에서 허우적거리고 있었다.

슬럼프에 빠지면 최대한 타인의 시선을 받아들이고, 냉정하고 여유롭게 자신의 모습을 바라봐야 한다.

절대 조급해해선 안 된다고 최상호 코치가 누누이 말을 해주었다.

스스로 여유를 가져야만 조금이라도 빠른 시간 안에 슬럼프를 극복할 수 있다고 했는데, 장태훈 선배는 정반대로 슬럼프를 극복해야 한다는 조급증에 빠져 엉망으로 배트를 휘둘러 대고 있었다.

틱!

프레디 에르난데스가 던진 투심 패스트볼을 제대로 타격하지 못하면서 타구가 유격수 정면으로 굴러 갔다.

쉽게 볼 수 있는 6(유격수)−4(2루수)−3(1루수)의 병살타가 나오고 말았다.

1사 1, 3루의 좋은 찬스 상황을 허무하게 날려 버리는 최악의 병살타를 친 장태훈 선배는 헬멧을 바닥에 집어 던지며 성질을 부려댔고, 더그아웃에서는 선수들이 혀를 차며 고개를 흔들었다.

　"그냥 혼자 삼진이나 당하지 왜 거기서 되지도 않는 공을 건드려서는……."

　누군가의 중얼거림에 몇몇 선수가 같은 생각이라는 듯 고개를 끄덕였다.

　선수들 사이의 좋지 않은 분위기를 파악하고 재빨리 코치들이 나섰다.

　괜찮다며, 고작 1회 공격이 끝났을 뿐이라며 선수들을 독려했다.

　"오늘도 부탁한다."

　송진욱 투수 코치가 나에게 신뢰의 눈빛을 보냈고, 난 희미하게 웃으며 고개를 끄덕였다.

　"걱정 마십시오."

　컨디션은 좋다.

　최상은 아니더라고 충분히 창원 타이탄스의 타선을 7회 이상 막아낼 수 있다는 자신감이 들었다.

　경기 전에 있었던 연습 투구에서도 제구와 구속이 좋다며 황대훈 선배가 엄지손가락을 치켜들었었다.

마운드에 올라 흙을 고르는 사이 수비수들이 자리를 잡았고, 손 위에 로진백을 올려 툭툭 치고는 바닥에 내려놨다.

손가락에 묻은 하얀 가루 일부를 허공에 털어내고는 공을 쥐었다.

손에 착 달라붙는 느낌이 아주 괜찮았다.

전반기 마지막 선발 경기다.

이왕이면 승리투수가 되고 싶었다.

『100마일』 4권에 계속…

즐거운
인생

미더라 장편 소설
FUSION FANTASTIC STORY
A Bittersweet Life

삶의 의욕을 모두 잃은 주혁.
어느 날 녹이 슨 금속 상자를 얻는데……

"분명 어제도 3월 6일이었는데?"

동전을 넣고 당기면 나온 숫자만큼 하루가 반복된다!

포기했던 배우의 꿈을 향해 다시금 시작된 발돋움.
눈앞에 펼쳐진 새로운 미래.

과연 그는 목표를 이루고
인생을 바꿀 수 있을 것인가!

Book Publishing CHUNGEORAM

강준현 장편 소설

FUSION FANTASTIC STORY

개척자

Pioneer

『복수의 길』의 강준현 작가가 선보이는
2015년 특급 신작!

글로벌 기업의 총수, 준영.
갑자기 찾아온 몽유병과 알 수 없는 상황들.

"…누구냐, 넌?"
혼돈 속에서 순식간에 바뀐 그의 모든 일상.
조각 같던 몸도, 엄청난 돈도, 뛰어난 머리도 모두, 사라졌다!

스스로도 알 수 없는 낯선 대한민국의 밑바닥부터
다시 시작해야 하는 준영.

"젠장! 그래, 이렇게 산다!
대신 나중에 바꾸자고 하면 절대 안 바꿔!"

그는 과연 이 상황을 극복하고 자신의 운명을
새롭게 개척해 나갈 수 있을 것인가!

Book Publishing CHUNGEORAM

유행이 아닌 자유추구 -
WWW.chungeoram.com

글삶 장편 소설

FUSION FANTASTIC STORY

세상을 다가져라

[세상을 다 가져라]

문피아 선호작 베스트 작품 전격 출간!
현대판타지, 그 상상력의 한계를 넘어서다!

권고사직을 당한 지 2년째의 백수 권혁준.

우연히 타게 된 괴상한 발명품으로 인해
과거로 회귀한다!

그런데
과거로 온 혁준의 손에 들려 있는 것은 바로
최신형 스마트폰!

"까짓 세상, 죄다 가져 버리겠다 이거야!"

백수였던 혁준의 짜릿한 인생 역전이 시작된다!

Book Publishing CHUNGEORAM

유행이 아닌 자유추구
WWW. chungeoram.com

야차전기

임영기 新무협 판타지 소설

FANTASTIC ORIENTAL HEROES

『무정도』, 『등룡기』의 작가 임영기.
2015년 봄, 야차가 강림한다!

"오 년 후에 백학무숙을 마치게 되면
누나를 찾아오너라."
가문의 멸망.
복수만을 꿈꾸며 하나뿐인 혈육과 헤어졌다.
하지만 금의환향의 길에 벌어진 엇갈림…

모든 것이 무너진 사내 화용군!
재처럼 타버린 위에
삼면육비(三面六臂)의 야차가 되어 살아났다!

악이여, 목을 씻고 기다려라!

북검전기

우각 新무협 판타지 소설

FANTASTIC ORIENTAL HEROES